KB066819

팔과 다리의 가격

팔과
다리의
가격

이 사람
—
지
성
호

장강명

차례

0.
이 책을 쓰는 이유에 대하여

1990년대 중반, 북한에 대기근이 일어나 약 33만 명이 숨졌다. 이 기근을 '고난의 행군'이라고 부른다.

33만 명이라는 숫자는 2010년 대한민국 통계청이 발표한 추정치다. 현재로서는 이 수치가 가장 믿을 만하다. 그러나 당시 목숨을 잃은 사람이 이보다 많다는 분석도 꽤 있다는 점을 밝혀둔다.

북한에서 권력 서열 13위까지 올랐다가 1997년 탈북한 황장엽은 고난의 행군으로 300만 명이 숨졌다고 주장했는데, 이건 지나친 과장 같다. 유엔 식량특별조사관을 지낸 사회학자 장 지글러의 추정치는 그보다 조금 적다. 그는

2011년에 낸 책 『굶주리는 세계, 어떻게 구할 것인가?』에서 1996~2005년까지 북한에서 기아로 목숨을 잃은 사람은 200만 명가량이라고 썼다.

통일연구원은 2004년에 낸 보고서에서 고난의 행군 시기 사망자 수를 좁게는 63만~69만 명, 넓게는 58만~112만 명일 거라고 추측했다. 러시아 출신의 북한 전문가 안드레이 란코프 국민대 교수는 2010년 한국 통계청의 발표 이후에도 사망자를 50만~60만 명 정도로 보는 설을 지지한다.

내가 한 북한이탈주민에게 "한국 정부는 고난의 행군 사망자 수를 33만 명으로 추정한다"고 얘기해줬더니 그는 고개를 갸웃했다.

"그렇게 적지 않을 걸요? 최소한 100만 명은 될 거 같은데…… 한창 때에는 시신이 길거리에 문자 그대로 쌓여 있었다고요."

그러나 33만 명이라는 숫자도 결코 적지 않다. 3년 내내 하루도 빠짐없이 300명이 매일 죽어나가면 얼추 그 수치에 이르게 된다. 3년 동안 매일 여객선이 한 척씩 침몰하거나 고층 건물이 한 채씩 무너지는 상황을 상상해보라.

고난의 행군이 왜 일어났는가에 대해 나의 견해는 분명하고, 이미 여러 차례 언론 인터뷰와 강연, 기고로 밝힌 바 있다. 그런 의견을 이 책에서 쓰지는 않으려 한다. 지금 한국 사회의 정치·이념 지형에서 북한 문제는 진영 간 정쟁 소재로 소모되다가 갈피를 잃기 일쑤다. 이 책이 그런 길을 걷지는 않았으면 한다.

나는 독자들이 그저 눈을 감고 수많은 사람들이 아무 잘못 없이 굶어 죽은 비극에 대해 더 슬퍼해주기를 바란다. 그런 참사가 왜 일어났는지, 그게 누구의 책임이었는지 아는 것은 뒤로 미뤄도 된다. 비난의 대상을 찾는 것은 그보다 훨씬 더 먼 미래로 연기하거나, 아예 하지 않아도 되고.

나는 고난의 행군 때 어떤 일이 일어났는지에 집중하려 한다. 굶는다는 것이 어떤 일인지, 한 마을 사람들이 모두 굶주리면 어떤 사건들이 일어나는지, 인간의 존엄이 어디까지 추락할 수 있는지, 그런 가운데에서도 동시에 인간이 어떤 일을 하고 어떤 가치를 지킬 수 있는지에 대해 쓰려 한다.

나는 어떤 소년의 이야기를 쓰려 한다.

1.
굶을 때 생기는 일에 대하여

소년을 소개하기 전에, 사람이 굶으면 어떤 일이 생기는지에 대해 먼저 이야기하려 한다.

우선 매우 배가 고파진다. 몸에 축적한 지방층이 없는 상태에서 두 끼 이상을 연속해서 거르면 그때부터는 허기가 통증에 가까운 감각으로 바뀐다. 처음에는 급성 위염이나 위궤양처럼 속이 쓰린 느낌인데, 특히 성장기 어린아이들, 청소년들이 이 고통을 견디기 힘들어한다고 한다. 육체가 비명을 지르며 신경신호를 통해 뇌에 명령을 내리는 것이다. 먹을 것 외에 다른 일 따위는 생각하지 말라고. 식량을 찾는 작업에 집중하라고.

기분이 우울하고 신경이 예민해져서 짜증이 자주 나는 한편 굉장히 눈치가 빨라지기도 한다. 다른 사람이 특이한 행동을 보이면 '혹시 몰래 숨겨 놓은 음식을 먹으러 가는 것 아닌가' 의심하게 된다. 아이들은 어머니의 표정이나 움직임에 극도로 예민해진다.

먹을 수 있는 대상에 대한 모험심도 커진다. 평소라면 고려해보지 않았을 것들을 시도해보게 된다. 가축 사료, 콩깍지, 옥수수대, 채소나 농작물의 뿌리를 삶거나 익혀서 먹게 되고, 급기야는 풀과 나무뿌리, 가랑잎도 '괜찮지 않을까' 하는 생각으로 빨아서 입에 넣게 된다. 이때쯤 개구리나 뱀은 최고급 스테이크나 마찬가지다.

2, 3일을 내리 굶으면 소화기관이 활동을 멈추고, 더 이상 대변이 나오지 않는다. 여성들은 생리가 끊긴다.

그러면서 윤리감각이 무너진다. 이전까지는 배가 고파도 직장이나 학교에 일단 나와서 멍하니 누워 시간을 보내던 사람들이 출근과 등교를 포기한다. 여자들은 성매매에 대한 생각이 바뀐다.

많은 사람들이 강도까지는 아직 아니더라도 절도는 쉽게 저지른다. 계획을 세우지는 않아도 눈앞에 그런 기회가 생기면 거부하기가 거의 불가능하다. 친한 친구의 집에 가서도 먹을 게 보이면 훔쳐서 나온다. 그렇게 얻은 음식물을 가족과도 나누지 않고 몰래 숨어서 혼자 먹는 사람도 있다.

조금 더 굶으면 위생관념이나 수치심마저 사라진다. 다른 사람이 보는 앞에서 쓰레기더미를 뒤지게 되는 것이다. 옆에 있는 사람이 음식을 먹다가 밥풀이나 면발을 땅에 흘리면 서슴지 않고 그걸 주워 먹게 된다. '꽃제비'라고 불리는 어린아이들은 야외 식당에서 그런 기회를 노리고 퀭한 눈빛으로 손님들을 노려본다. 썩거나 상한 음식도 그저 맛있게만 보인다.

이 단계에서 옥수수 한 알이나 밀가루 면 한 오라기가 입에 들어오면 그 맛과 향이 충격적으로 달콤하고 풍부하다고 한다. 그래서 그 감각을 오래 유지하기 위해 밥알 한 알을 삼키기 전에 몇 분이고 입 속에서 굴리며 천천히 씹게 된다고 한다.

물이 있어도 몸을 씻지 않게 된다. 위생에 무신경해지고, 먹는 것을 제외한 나머지 일들에 관심이 없어진다. 한편으로는 지저분하게 보일수록 구걸하기에 더 유리할 거라는 계산도 한다. 그러면서 몸에는 이와 벼룩 같은 벌레가 들끓게 된다.

이때쯤 헛것을 보거나 환상에 자주 빠지게 된다고 한다. 눈

앞에 닭이 날아다니는 환영이 나타나기도 하고, 옆방에서 나를 빼놓고 다른 사람들이 뭔가를 먹고 있다는 확신에 사로잡히기도 한다. 자식을 토끼로 착각한 어머니가 젖먹이를 가마솥에 넣고 삶았다가 정신을 차리고 기절했다는 등의 괴담이 나도는 것도 이 시기다.

사람은 굶으면 굶을수록 미래를 대비하는 태도와 능력을 잃어버린다. 처음에는 가재도구를 내다 파는 것으로 시작한다. 머지않아 마지막 남은 밥솥, 하나뿐인 냄비, 지금 입고 있지 않은 모든 옷가지를 팔아치운다. 사실 입고 있는 옷도 사겠다는 사람이 오면 기꺼이 팔 텐데, 너무 더럽다 보니 사는 사람이 없어서 그러지 못할 뿐이다.

내년이라든가 다음 계절이라든가 하는 개념 자체가 머릿속에서 희미해진다. 난방을 해야 하면 땔감을 구하러 산에 올라가 나무를 패오는 대신 사는 집의 담장을 허물어 그것을 태우게 된다.

행방불명자가 곳곳에서 생긴다. 자식을 버리는 부모도 흔하다. 의도적으로 자식을 버리는 경우도 많지만, 자식을 집에 남긴 채 먹을 것을 구하러 옆 동네에 갔다가 거기서 또 옆 동네로 가고, 그러다가 집으로 돌아오지 못해 자식과 헤어지게 되는 사례도 적지 않다. 자식 입장에서는 어느 날 눈을 떠 보면 옆에 어머니와 아버지가 없는 셈이다. 자신이 언제까지 돌아오겠다고 말을 하는 것을 잊거나, 아니면 언제까지 돌아오겠다는 생각 자체를 못한 경우다.

그렇게 빈 집이 많아지고, 치안이 무너진다. 강도가 나타난다. 선량했던 시민이 이웃집에 칼을 들고 들어가 먹을 걸 내놓으라고 다그치게 된다. 사람들이 유랑을 시작한다. '어디에 먹을 게 있다더라'는 소문을 들으면 무작정 그곳으로 떠난다. 다른 사람이 버린 빈 집에서 잠을 자고, 그 집을 허물고 태워 난방을 한다. 주택이 허물어지면 잘 마른 목재와 못을 가져가기 위해 사람들이 몰려든다. 그렇게 마을 풍경이 금세 폐허로 변한다. 모르는 사람이 보면 폭격을 당한 줄로 알 것이다.

사람들은 시야가 극도로 좁아지며, 먹을 것 외에는 아무것도 생각하지 않게 된다. 먹을 것 앞에서는 하루 뒤, 한 시간 뒤, 십분 뒤조차 생각하지 않는다. 심지어 공포나 고통마저 극복한다.

어른들은 총살당할 것을 뻔히 알면서 집단농장의 종자보관소를 습격한다. 아이들은 옥수수 몇 알에 목숨을 건다. 훔친 음식을 먹다 걸린 아이를 사납게 때려도 도망치지 않는다. 손을 들어 매질을 막지도 않는다. 입안에 있는 음식을 삼키는 데 정신이 팔려 있기 때문이다. 그렇게 먹으면서 맞아 죽는다.

그런 상황에서도 여전히 몇몇 사람들이 타인에 대한 동정과 연민의 마음을 간직한다는 게 가장 불가사의한 일이다. 부모와 자식이 먹을 것을 두고 경쟁하는 옆에서, 어떤 사람은 자기가 어렵게 구한 옥수수가루를 자기보다 더 못한 남을 위해 양보하기도 한다. 그런 도움을 받고 살아난 사람들의 경험담과 목격담이 의외로 많다. 인간은 생존기계이기도 하지만 그만큼 깊숙이 이타적인 존재이기도 하다. 그 사실을 부인할 수는 없다.

그러나 더 시간이 지나면 이기심도 이타심도 모두 증발한다. 고통마저 사라진다. 정신이 몽롱한 상태에서 그저 누워 있게 된다. 이 상태에서는 남자보다 여자가 사나흘 더 버틸 수 있다고 한다.

몸은 뼈와 가죽만 남은 상태이다. 이것은 문자 그대로의 의미인데, 육체가 꼭 필요한 조직을 제외하고는 모든 세포를 분해해 영양분으로 삼은 뒤라 몸에 근육이 거의 없다. 갈비뼈는 마치 피아노의 검은 건반처럼 가슴에서 툭 튀어나와 있다. 160센티미터 키의 성인 남자 몸무게가 30킬로그램이 안되기도 한다.

그렇게 쓰러지고 나면 얼마 뒤 기이하게도 몸이 부풀어 오른다. 죽기 직전까지 굶은 사람의 배가 고도비만 환자처럼 뚱뚱해지는 지독한 아이러니가 빚어진다. 그렇게 부은 살에는 탄력이 없어서, 손가락으로 누르면 그 부위가 푹 꺼진다. 아마도 내부 장기가 손상되면서 벌어지는 일 같다.

부어오른 몸이 가라앉고, 다시 붓고, 또 가라앉고, 그렇게 세 번을 반복하면 회복할 수가 없다고 한다. 이미 음식이 앞에 있어도 먹지 못하는 상태다. 이런 사람을 살리려면 음식이 아니라 항생제와 수액이 필요하다.

마지막에는 항문이 열린다. 괄약근이 모두 사라진 상태라 그렇게 되는데, 손을 집어넣을 수도 있을 정도로 항문이 크게 벌어진다. 의식이 없는 상태이지만 얼굴이 너무 말라 몹시 끔찍하고 고통스럽게 보인다.

이 상태에서는 숨을 가쁘게 내뱉고 들이쉬는 것 외에 할 수 있는 일이 아무것도 없다. 그리고 얼마 뒤에는 그 일조차 멈추게 된다.

죽는 것이다.

2.
탄광마을의 삶에 대하여

이 책에서 다루려고 하는 사건은 거의 대부분 함경북도 회령시의 한 탄광마을에서 일어난다. 탄광의 이름은 학포탄광이라고 한다. 동네 이름은 따로 있지만 여기서는 그냥 학포탄광을 마을 이름처럼 쓰겠다. 행정구역이 합쳐지고 쪼개지는 등의 이유로 마을의 공식 이름이 여러 번 복잡하게 변했고, 사실 탄광이 곧 마을이기 때문이다.

소년은 1982년에 이 마을에서 태어났다.

학포탄광은 북한에서 거의 최북단에 가까운 지역이다. 축적이 큰 지도에서 이 동네를 찾으면 중국과 북한의 국경선 중간에 있는 것처럼 나온다. 두만강과 평행하게 열차 선로가 있는데, 이 본선 선로에서 지선을 타고 6킬로미터 정도 남쪽으로 오면 이 마을이 나온다.

국경과 학포탄광 사이에는 북한의 정치범수용소 중 한 곳인 회령수용소가 있었다. 회령수용소 역시 거대한 탄광촌이었다. 북한에 대해 잘 알지 못하는 사람들은 정치범수용소를 거대한 교도소 정도로 생각하는데, 실제로는 하나하나가 도시 규모이고, 여러 곳에 있다. 거대한 석탄층 위에 두 마을이 있는데, 한 마을이 학포탄광이고 다른 마을이 회령수용소였다고 보면 된다.

회령수용소의 정식 명칭은 '22호 관리소'다. 2000년대 초반까지 대략 3만~4만 명 정도의 정치범이 갇혀 있었는데, 2012년에 갑자기 폐쇄된 걸로 알려져 있다. 폐쇄된 이유는 북한 밖에서는 아직 아무도 정확히 모른다. 기존 수감자들은 다른 수용소에 분산 이감됐다고 하지만, 집단아사 사태가 벌어졌다는 루머도 있다.

회령수용소와 학포탄광은 차로 20분 정도 되는 거리에 있었다. 학포탄광 사람들은 간혹 수용소 밖으로 강제노역을 나온 죄수들을 볼 수 있었다. 수용소 생활에 염증이 난 경비병들이 학포탄광에 와서 몰래 식사를 하고 가기도 했다.

학포탄광 마을 입구로 이어지는 길은 차량이 다니기 쉽지 않은 비포장도로다. 그 도로에는 늘 먼지가 뿌옇게 흩날렸다. 입구에 들어서면 경비초소가 있는데 이곳은 보위대가 지키고 있었다. 마을로 들어오거나 나가는 차량, 자전거를 보위대가 검문했다. 북한에는 어느 정도 규모 이상의 마을 입구에는 다 그런 초소가 있다. 그렇다고 해서 마을 외곽이 성벽이나 철조망으로 둘러싸여 있는 것은 아니라서, 일반 행인은 초소를 거치지 않고도 마을을 들락날락할 수는 있다. 하지만 자동차나 오토바이, 자전거를 탄 사람은 초소를 거쳐야 한다.

경비초소를 지나자마자 거대한 돌비석이 나온다. 그 비석에 김일성을 그린 커다란 유화가 걸려 있었다. 큰 도시에는 김일성의 동상이 있기 마련인데, 학포탄광 규모의 마을에는 그냥 돌비석과 그림 정도로 충분하다고 생각한 것 같다.

비석은 높이가 4미터 정도 되었고, 그 안에 걸린 유화는 높이가 1.5미터, 너비가 3미터 정도였다. 그림 속에서는 김일성이 어린이들을 안고 인자하게 웃고 있다. 마을사람들 처지에서는 매일 보는 그림이니까 그걸 본다고 큰 감흥이 들지는 않는다. 그러나 명절이 되면 각자 시간을 내어 그 그림 앞에 가서 묵념을 하고 와야 했다. 결혼식을 올린 신혼부부도 그 앞으로 가서 머리를 숙이고 김일성에 대해 충성을 맹세해야 했다. 돌비석은 1년에 한 번씩 커튼을 두르고 청소를 했다.

인자하게 웃는 김일성을 지나면 비로소 마을이 어떻게 생겼는지 윤곽이 보인다. 완만한 산골짜기에 '하모니카사택'이라고 부르는 작은 아파트와 단층집들이 다닥다닥 붙어 있다. 이 아파트는 그 안의 한 주택 넓이가 십오 제곱미터 정도로 작다. 밖에서 보면 그 집들의 창문이 빽빽하게 건물을 채우고 있다 보니 꼭 하모니카처럼 보인다고 해서 그런 별명이 붙었다.

아침이나 저녁이라면 그 집들에서 검은 연기가 올라와 골짜기를 채우고 있을 것이다. 난방과 취사를 위해 석탄을 쓰기 때문이다. 굴뚝에서 나온 그 검은 연기에서는 매캐한 냄새가 난다.

마을 뒤쪽으로 어마어마한 크기의 인공 산이 있다. 건물로 치면 70~80층 정도 되는 높이라, 바로 아래에서 올려다보면 그 규모에 압도된다. 탄광에서 파낸 흙과 돌을 입구 주변에 쌓다 보니 생긴 산이다. 그 기괴한 인공 산의 이름은 '버력산'이었다. 석탄을 캐면 석탄과 함께 쓸모없는 잡석이 많이 나온다. 남한의 표준어로는 이를 '버력'이라고 하는데, 북한에서는 약간 발음이 달라서 '버럭'이라고 부른다.

하루에 탄광에서 파 올리는 버력의 양은 어마어마하다. 그걸 버럭산의 옆에 그냥 쌓아두다간 아마 온 마을이 몇 달도 못 가 잡석에 파묻힐 것이다. 학포탄광 작업자들은 버럭산의 정상까지 선로와 케이블을 설치했다. 작업자들은 탄광 입구에서 버럭산 꼭대기까지 이어진 선로에 잡돌을 가득 실은 화물차를 놓고 그걸 케이블로 끌어올린 뒤, 정상에서 차량을 비웠다.

화물차는 따로 엔진이나 뚜껑이 달리지 않았고, 양옆으로 벽이 열릴 수 있게 되어 있다. 용량은 1.5톤이다. 돌이 아니라 사람을 실으면 열 명까지도 거뜬하게 태울 수 있다. 그런 큰 상자에 돌을 가득 넣었다가 수백 미터 높이의 산 정상에서 아래로 떨어뜨리는 광경이 상상이 되시는지? 그런 돌 중에 커다란 것은 사람 몸뚱이만 한 것도 있다!

탄광이 한창 잘 돌아갈 때에는 그렇게 잡석을 버리는 작업을 15분마다 하기도 했다. 인공 산사태가 하루에 수십 번도 넘게 일어나는 것이다. 마을 사람들로서는 일상적인 일이다 보니 아무도 놀라지 않는다. 버럭산 주변에 별다른 안전장치도 없다. 심지어 산사태 중에 버럭산에 올라가는 대담한 사람도 있다. 탄광에서 쓰다 버린 목재가 잡석과 함께 올라올 때가 있는데, 그걸 주우러 가는 것이다. 그런 목재는 땔감으로 안성맞춤이었기 때문이다.

그렇게 산을 올라가다가 하늘에서 떨어지는 돌 때문에 골절상을 입은 사람이 한두 명 있었던 것 같다. 하지만 죽거나 심하게 다친 사람은 없었다. 소년은 '저 돌이 계속 쌓이다 보면 마을을 다 집어삼키려나' 하는 궁금증은 품었지만 딱히 산사태를 무섭다고 여기지는 않았다.

학포탄광은 정치범수용소는 아니었지만 몹시 척박한 땅이었고, 마음대로 이사를 할 수 없는 북한에서 일종의 유배지였다. 마을 사람들 거의 대부분은 출신 성분이 안 좋은 사람들이었다.

마을 사람들은 크게 세 부류로 나눌 수 있었다.

우선 6·25 전쟁 때 잡힌 국군포로 중 북한으로 전향한 사람들과 그 가족이 있었다. 6·25 전쟁에서 포로가 된 남한 군인들은 전향을 하더라도 도시에는 살 수가 없었고, 주로 북한 북부의 탄광 지역으로 보내졌다. 그중 장교 출신은 악명

높은 아오지 탄광으로 갔고, 부사관 출신은 학포탄광으로 왔다고 한다.

6·25 전쟁이 끝난 게 1953년이다. 소년이 태어났을 때 이미 이들 국군포로는 60대 중반이 넘은 노인들이었다. 소년은 이들 노인이 모여 자기 고향을 그리며 하던 이야기를 들으며 자랐다. 전라도에서 나는 쌀이 맛이 있다든가, 충청도에서 나는 밤이 일품이라든가 하는 얘기들이었다. 소년은 정확히 그 뜻을 알지 못했지만 노인들의 말투에 담긴 서글픈 정서에 묘하게 마음이 울렁거렸다.

이 노인들은 전쟁이 끝나고 학포탄광에 배치된 뒤 북한 여자들을 만나 결혼했고, 그 손자 손녀가 소년과 비슷한 또래였다. 국군포로들이 마을에서 큰 차별을 받으며 살지는 않았다. 그러나 가끔 어른들이 대화 중에 국군포로와 그 가족을 일컬으며 "그 놈들은 언제 배신할지 모른다, 조심해야 한다"고 말하는 걸 듣기는 했다. 만약 남한과 한 번 더 전쟁이 벌어진다면 국군포로는 후방에서 북한 보안원(경찰)에게 총을 겨눌 것이라고 했다.

국군포로들도 마음속으로는 늘 남한 땅에 돌아가는 것을 목표로 삼았던 것 같다. 실제로 학포탄광의 국군포로들 중에 탈북에 성공한 사람들이 있었다. 그중에는 바로 소년의 옆집에 살았던 노부부도 있었다. 그들은 자녀를 남기고 북한을 탈출했다. 소년은 얼마 뒤 그 노부부의 남은 자녀들이 짐짝처럼 차에 실려 정치범수용소로 끌려가는 것을 보았다.

학포탄광 주민 중 두 번째 부류는 '소개민'이라고 하는 사람들이었다. 북한 출신이지만 원래 살던 곳에서 추방된 이들이다.

6·25 전쟁 때 남한에 우호적인 행위를 한 사람들과 그 가족들, 또는 기독교인의 자식들이다. 그렇다고 이들이 전쟁때 대단한 이적행위를 했다는 건 아니다(그랬다면 살아있을 수가 없다). 국군이나 미군이 마을에 들어왔을 때 밥을 지어줬다든가, 살기 위해 태극기를 흔들었다든가 하는 정도였다.

이들의 고향은 개성, 신의주, 황해도 등 북한 전역에 걸쳐 있었다. 남한 각지에서 온 국군 포로와, 북한 각지에서 온 추방자들이 모여 사는 동네였다. 그래서 학포탄광에서는 한반도의 온갖 사투리를 거의 다 들을 수 있었다. 토착민들의 마을이라기보다는 고향 잃은 사람들이 모여 사는 개척지와도 같았다.

학포탄광에서 일하는 사람의 수는 3000명 정도였고, 마을 인구는 수만 명 수준이었다. 아마 그 대부분의 가정에 서글픈 사연들이 있었을 게다. 소년은 그런 이야기들을 정확히 알지 못했고, 짐작만 했다.

친구 한 명의 아버지 이름은 '요셉'이었다. 북한에서는 몹시 특이한 이름이라, 소년은 어른들에게 그 이름이 무슨 뜻이냐고 여러 번 물어보았다. 하지만 아무도 답을 해주는 사람이 없었다. 그이는 아마 기독교인 집안에서 태어났기 때문에 그런 이름을 갖게 되었고, 기독교인 집안에서 태어났기 때문에 학포탄광으로 오게 됐으리라.

또 다른 친구의 어머니는 서울 말투를 써서 그 집 아이들이 놀림거리가 되었다. 북한 사람들에게 서울 말씨는 몹시 나긋나긋하고 부드럽게 들린다. 그 아주머니는 다른 사람의 문을 두드릴 때 "계시나요?"라고 물어보았다. 북한 사람들이라면 딱딱한 말투로 "계십니까?"라고 말했을 텐데 말이다. 그래서 소년 일당은 그 집 아이들을 만날 때마다 "계시나이? 계시나이?"라며 놀렸다. 물론 그 집 자녀들은 서울 말투를 쓰지 않았다.

아주머니는 무척 연약해 보이는 사람이었는데 자녀들이 그런 놀림을 받는 걸 알면서도 자기 말투를 고치려 하지 않았다.

학포탄광 주민들 중 세 번째 그룹은 앞의 두 그룹과는 전혀 다른 배경을 지닌 사람들이었다. 이들은 수도 그리 많지 않았다. 이들 역시 원주민은 아니다. 이 세 번째 그룹은 출신 성분이 좋은, 일종의 특권 계층이다.

소년의 집은 여기에 해당했다.

"우리는 이곳 주민들을 관리하고 통제하는 일을 해야 할 사람들이란다, 성호야. 할아버지가 이 동네에 부임된 이유를 잊지 말렴."

소년은 어릴 때부터 아버지께 이런 이야기를 들었다. 아버지가 '우리는 잘난 집안이다'라는 우월감을 주거나 주변 이웃을 깎아내리려는 뜻에서 그런 말씀을 하신 것은 아니었다. 그보다는 사명감과 애국심을 고취시키려는 목적이었다. 아버지 본인도 그런 책임감이 투철한 분이었다.

그러나 그런 훈계는 아버지로서는 의도하지 않았던 깨달음을 소년에게 주기도 했다. 이 나라는 겉으로 주장하는 바와 실제 모습이 다르다는 의식이었다. 학교에서는 분명히 모든 사람은 평등하다고 가르쳤다. 그러나 아버지는 그렇지 않다고 했다. 소년은 그 모순을 지적하는 것이 현명하지 않은 행동임을 자연스럽게 깨쳤다.

양쪽이 다 옳을 순 없지만, 동시에 양쪽이 다 옳은 것이다. 적어도 북한에서는. 살아남으려면 '북한은 모든 사람이 평등한 사회'라고 말하면서, 동시에 '북한은 엄청나게 불평등한 사회'임을 알고 있어야 한다. 『1984』에서 '이중사고'(doublethinking)에 대해 썼을 때, 조지 오웰은 그걸 미래에 아시아의 어느 나라가 현실화할 것임을 예상했을까?

북한의 신분은 크게 핵심계층, 동요계층, 적대계층의 셋으로 나뉜다. 이런 용어는 외부에서 붙인 게 아니라 북한 사람들 스스로가 쓰는 말이다. 핵심계층과 적대계층이 각각 전체 인구에서 27~28퍼센트를 차지하고, 그 사이의 동요계층이 나머지 45퍼센트 정도일 거라고 한다. 이 세 계층은 다시 50여 가지 상세 부류로 구분된다. 위로는 혁명가 가족이라든가 영웅 공로자 가족부터 시작해서 아래로는 친일파, 입대 기피자, 정치범수용소 출소자가 있다.

다른 아이들도 소학교(초등학교)에 다닐 무렵이면 북한에 그런 신분제도가 있다는 사실을 어렴풋이 깨달았다. "우리 할아버지는 인민군이라서 전쟁 때 남조선 미군을 족쳤다"며

출신 성분을 자랑하는 아이가 있고, 그런 때 주눅이 들어서 아무 말도 못하는 아이가 있다. 그런 말은 단순한 집안 자랑이 아니다. '너와 나의 진로는 아마 다를 것이다'라는 암시가 담겨 있다. 더 커서 대학에 가거나 직업을 선택해야 할 때가 되면 자신에게 어떤 제약이 있는지, 그 제약이 어디에서 온 건지를 확인하게 된다. 보통 한 가정에서 맏이는 그런 경험을 다소 늦게 하고, 동생들은 비교적 빨리 현실을 깨닫게 되는 편이다.

'나는 과학자나 의사가 될 수 없구나'라는 사실을 깨친 아이들은 자연스럽게 학업에서 멀어진다. 학교에서 수석을 한들 대학에 갈 수 없고 탄광에 가야 하는데 공부를 하고 싶겠는가.

그래서 학포탄광 마을 아이들 중에는 공부를 열심히 하는 학생이 거의 없었다. 다들 밖에서 몰려다니며 놀았다.

소년의 할아버지는 6·25 전쟁에 북한군으로 참전해 많은 공을 세운 용사였다. 전쟁이 끝나고 십여 년 뒤인 1960년대에는 김일성과 함께 사진을 찍기도 했다. 할아버지의 고향이 학포탄광 근처는 아니었다. 할아버지는 전쟁이 끝난 뒤 그곳으로 부임했다. 직책은 '학포탄광 직업총동맹(직맹)위원장'이었다.

직맹위원장은 한국이나 서방세계에 설명하기 곤란한 직위다. 북한에서는 국민들이 모두 어떤 지역조직 한 곳에 가입하게 된다. 그 지역조직은 시·도 단위인 상위조직의 통제를 받고, 시·도 단위 조직은 다시 중앙조직의 통제를 받는다. 그렇게 해서 전국적으로 국민을 관리하고 통제하는 것이다. 농업에 종사하는 사람은 '농업근로자동맹'에 가입하고, 집에서 전업주부로 일하는 여성은 '여성동맹'에 가입한다.

공장에 다니는 사람은 '직업총동맹'에 가입한다. 학포탄광에서 일하는 사람들이 가입하는 지역조직이 학포탄광 직맹이고, 할아버지는 전쟁 뒤에 그 조직의 책임자가 된 것이다. 개념상으로는 한 기업의 노조위원장쯤 되는 셈인데, 실제 권한이나 지위의 무게감은 자본주의 사회에서 어지간한 회사 대표 정도라고 설명해야 할 것 같다.

물론 전쟁 유공자 중에는 중소도시의 지도자가 된 사람도 있고, 학포탄광보다 더 큰 공장의 직맹위원장이 된 사람도 있다. 또 아무리 직맹위원장이라 해도 조선노동당이나 군의 간부에 비하면 부리는 힘이나 누리는 대우는 초라한 수준이

다. 북한 전체로 봐서 대단히 높은 자리는 아닌 것이다. 그러
나 국경 근처의 오지인 학포탄광에서는 분명한 특권계층이
었다.

아무리 공산주의를 표방한 북한이라지만 농촌 지역에서
일반 주민이 집 앞에 약간의 토지는 소유하고 거기서 채소를
키울 수는 있다. 그런 작은 땅까지 집단농장에서 관리하는
것은 오히려 더 성가신 노릇이니까. 그런 정책 판단에는 그
작은 땅에서 나는 농작물로 주민들의 식량난이 상당 부분 해
소된다는 점도 고려되었을 것이다.

그렇게 직접 경작이 허용되는 면적은 대개 한 가구당 십 제
곱미터 정도였다. 그런데 소년의 할아버지가 소유한 농토는
2500제곱미터가 넘는 규모였다. 누가 봐도 틀림없는 특혜였
다. 할아버지는 여기서 옥수수와 감자를 키웠다.

할아버지는 소년의 집에서 걸어갈 수 있는 거리에 살았다.
버럭산을 지나 오솔길을 따라 올라가면 할아버지의 집이 나
왔다. 할아버지를 만나러 갈 때 아버지가 소년을 업어주기도
했다. 할아버지 집에 가면 옥수수밥을 배불리 먹을 수 있었
고, 가끔 감자나 살구도 맛볼 수 있어서 좋았다. 게다가 그 집
에는 TV가 있었다.

할아버지는 직맹위원장 자리에서 은퇴한 뒤에도 자기 소유의 텃밭을 관리하며 비교적 풍족한 삶을 누렸다. 할아버지는 소년이 열 살 때인 1992년에 세상을 떠났다. 아직 고난의 행군 시기가 닥치지 않았을 때다.

할머니는 고난의 행군 첫 해인 1995년에 숨졌다. 소년이 보는 앞에서 굶어 죽었다. 그때쯤 텃밭에서는 아무것도 나지 않았다.

할아버지는 아들 셋과 딸 둘을 두었다. 오남매 중에서는 장남인 큰아버지가 가장 출세했다. 큰아버지는 착실하게 지도자 교육을 받고 자라 조선노동당 간부가 되었다. 그는 학포 탄광에서 멀지 않은 지역인 은덕군의 의료, 보건, 교육 부문을 관리하는 직책을 맡았는데, 일제 승용차를 지급받고 운전기사까지 부리는 고위직이었다. 한국 개념으로는 중소도시의 부시장 정도 되는 위치일 것 같다. 그는 고지식하리만치 강직한 성품이었다. 그 점은 소년의 아버지도 마찬가지였다.

할아버지의 둘째 자식인 고모는 학교 교직원이 되었다.

셋째가 소년의 아버지다. 그의 이야기는 조금 뒤로 미루자.

넷째는 작은 고모다. 그녀는 학교 교사가 되어 고급장교인 고모부와 결혼했다. 고모부는 군사엘리트 교육기관인 김일성정치대학을 졸업했으며, 정치범수용소의 고위 간부로 일했다. 학포탄광 옆에 있었던 회령수용소가 아니라 평양 근처에 있는 개천 정치범수용소(14호 관리소)에서 근무하다가 나중에 화성 정치범수용소(16호 수용소)로 자리를 옮겼다. 개천수용소와 화성수용소는 북한에 있는 여러 정치범수용소 중에서도 최악이라고 하는 곳들이다. 특히 화성수용소는 북한의 핵무기 개발시설이 있는 지역으로도 알려져 있다.

다섯째인 막냇삼촌은 형들과는 달리 건달 기질이 있었고, 집안의 골칫덩어리였다. 막냇삼촌 가족은 고난의 행군 시기에 모두 죽거나 행방불명되었다.

그의 둘째 딸은 오랫동안 굶은 상태에서 할머니 집에 갔다가 방에 있던 메주를 너무 많이 먹고 문자 그대로 배가 터져 죽었다. 배가 고프다고 잔뜩 먹은 메주가 배 속에서 물을 머금고 불어나, 위장이 그 부피를 견디지 못한 것이다. 어린 마음에 메주를 보고 할머니 몰래 먹어야겠다고 생각했던 것 같다.

막냇삼촌 자신은 화성수용소 근처에서 죽었다. 고난의 행군 시기에는 오히려 정치범수용소에 먹을 게 더 풍족하다는 소문이 돌았다. 적어도 정치범수용소 고위 간부에게는 식량

배급이 정상적으로 이뤄졌다.

막냇삼촌은 화성수용소를 찾아가 그 입구에서 노숙했다. 작은 고모 부부 앞에서 일종의 구걸 겸 시위를 한 것이다. 가끔 작은 고모가 먹을 걸 들고 나와서 막냇삼촌에게 주기도 했다. 속으로는 작은 고모도 건달 동생을 몹시 눈엣가시로 여겼을 것이다. 막냇삼촌은 그렇게 몇 달이나 화성수용소 앞에서 살다가 어느 날 열차에 치였다.

할아버지나 큰아버지, 작은 고모부와 달리 소년의 아버지는 고위직이라고는 할 수 없었다. 아버지는 학포탄광에서 주물 기술자로 일했다. 북한에서는 '용해공'이라고 불렸는데, 녹인 쇳물로 탄광에서 쓰는 여러 가지 기계부품을 만드는 일을 했다.

펄펄 끓는 쇳물의 온도는 섭씨 1500도라고 한다. 그런데 그런 쇳물을 다루는 기술자에게 제대로 된 방화복이나 보호안경, 모자 등의 장비도 제대로 지급되지 않았다. 아버지는 좀 두꺼운 옷을 구해 작업할 때 입었다. 작업을 하다 불똥이 튀어 신발에 구멍이 뚫리거나 옷의 천이 쪼그라들기도 했다. 한번 주물 작업을 하면 얼굴 피부가 시꺼멓게 타고 벗겨졌다. 작은 화상을 입는 날도 많았다.

그렇게 주물 작업을 하고 온 날이면 아버지는 몹시 술을 드시고 싶어 했다. 그러나 개인이 몰래 만들어 암시장에서 파는 밀주를 한 병 사 마시려면 옥수수 700그램을 줘야 했다. 고지식하고 착한 아버지는 그런 날이면 말없이 어머니의 눈치만 봤다. 소년의 집 생활수준은 결코 풍족하지 않았다. 어머니는 가끔 아버지에게 선심을 쓰기도 했지만 그 횟수는 점점 줄어들었다.

어느 날에는 소학교에서 국어 시간에 선생님이 아이들에게 짧은 글짓기를 시켰다. '피땀'이라는 단어를 사용해 한 문장을 지으라는 것이었다. 그 과제를 받았을 때 소년은 얼른 아버지를 떠올렸다. 소년은 학포탄광에서 일하는 아버지의 모습을 본 적이 몇 번 있었다. 주물 작업을 할 때 아버지는 온몸이 땀범벅이었다. 그리고 가끔은 불똥에 데여 손이 다치고, 거기에서 피를 흘리기도 했다. 그래서 소년은 이런 문장을 지었다.

'아버지는 공장에서 피땀을 흘리며 일하신다.'

선생님이 아이들을 가리키며 각자 지은 문장을 일어나서 발표하게 했다. 소년은 위의 문장을 읽었다. 그 말을 들은 선생님의 얼굴이 하얗게 질렸다. 선생님의 반응이 예사롭지 않은 걸 보고 다른 아이들도 무언가 잘못되었다는 사실을 눈치챘다.

『1984』에서 빅브라더의 지배를 받는 사람들은 '신어(newspeak)'를 사용한다. 이 소설 속에서 어떤 단어는 신어 체계에 흡수되면서 한 가지 의미만을 가리키도록 수정된다. 북한에서 '피땀'도 그러했다. 이것은 이제 피와 땀을 가리키는 말이 아니었으며, 은유적인 의미도 바뀌었다. 북한에서 이 단어는 오로지 '제국주의자들의 착취로 인해 약한 시민이 입는 피해'라는 맥락으로만 쓰일 수 있었다. 피땀은 일제강점기나 남한을 묘사할 때에만 쓰일 수 있는 단어였다. 소년이 지은 문장은 북한판 신어 체계에서는 '이 나라는 제국주의자처럼 국민을 착취한다'는 의미로 해석되었다. 소년은 그걸 몰랐다.

뒤늦게 소년으로부터 그 이야기를 들은 아버지는 기겁했다. 운이 나빴더라면 선생님이 '이 아이는 집안 교육에 문제가 있다'고 소년의 부모님을 고발할 수도 있었다. 더 운이 나빴더라면 아버지가 정치범수용소로 끌려갈 수도 있었다. 『1984』의 신어를 빌려 말하자면 '사상범죄'(crimethink)를 저지른 중죄인이 되는 것이다. 다행히 선생님은 그 일을 문제

삼지 않았다. 소년의 집안 배경과 출신 성분을 보고 '문제 삼지 않는 게 낫겠다'고 판단한 게 아닐까 싶다.

학포탄광에는 숙련된 주물 기술자가 부족했다. 그래서 소년의 아버지는 거의 매일 야근을 했다. 매주 수요일이 쉬는 날이었지만 그 날도 오전에는 일했고, 때로는 종일 근무해야 하는 상황도 벌어졌다.

그러다 보니 낮에 아버지가 집에 있으면 왠지 명절 같고 기분이 설렜다. 그런 날 아버지는 소년을 데리고 밖에 나가 할아버지 댁에 가거나, 함께 산에 올라 나물이나 버섯을 캐기도 했다. 아버지는 소년에게 땔감으로 쓸 나무를 해오는 일도 가르쳐주고 함께 그 작업을 하기도 했다.

학포탄광의 대부분의 가정에 있는 재래식 아궁이의 주 연료는 석탄이었는데, 석탄은 바로 불이 붙지는 않는다. 먼저 종이에 불을 붙이고, 그 종이로 나뭇가지를 태워 어느 정도 불길을 만들어놔야 그 불길 안에서 석탄이 연소하기 시작한다. 그 나뭇가지는 산에 가서 직접 베어오거나 주워와야 한다.

공장의 고위 간부들은 자기 집에서 쓸 나무를 일반 노동자에게 해오게 시키기도 했다. 명백하게 불법이지만 딱히 항의하는 사람도 없었다. 아버지는 그 정도 높은 자리에 있는 사

람도 아니었고, 설사 그런 지위에 있었다고 해도 자기 일을
남에게 맡길 인품도 아니었다.

소년은 열 살 무렵 아버지로부터 도끼 쓰는 법을 배웠다.
아버지는 큰 도끼나 톱은 소년이 쓰지 못하게 하고 대신 작
은 도끼를 줬다. 큰 나뭇가지들은 아버지가 큰 도끼로 쪼겠
다. 소년은 작은 나뭇가지들을 작은 도끼로 잘랐다. 열 살짜
리 아이가 하기에는 위험한 일이긴 했다. 자칫하면 도끼에
손을 찧을 수도 있고, 나무가 부서지면서 날카로운 조각이
튀어 얼굴에 맞을 수도 있었다. 그러나 나무를 하는 일손이
부족한 것 역시 사실이었다. 아버지는 소년에게 "장남이니
까, 나무 패는 법을 알아야지"라고 말했다.

그런데 사실 소년과 여동생, 그리고 막내 남동생 중에 제
일 자제력이 있고 어른스러운 사람은 막내 남동생이었다. 북
한에서는 해마다 김일성과 김정일의 생일이 되면 어린이들
에게 과자를 배급했다. 김일성의 생일은 4월 15일인데 '태양
절'이라고 부르고, 김정일의 생일은 2월 16일인데 '광명성
절'이라고 부른다. 어린이들이 몇 달씩 손꼽아 기다리는 날
이다. 달리 과자를 먹을 수 있는 날이 없기 때문이다.

이날이 되면 학교에서 담임선생님이 1킬로그램 단위로 포장이 된 과자봉투를 학생 수만큼 가지고 온다. 담임선생님은 그 봉투를 옆에 둔 채로 "이렇게 어린이들을 사랑하시어 과자를 내려주신 수령님께 충성으로 보답해야 한다" 어쩌고 하는 연설을 삼십 분 정도 한다. 그러는 동안 아이들의 머릿속은 '맛있겠다, 어떤 과자가 들어 있을까, 언제 먹나, 무슨 맛일까, 왜 이리 연설이 안 끝나나' 하는 생각뿐이다.

지루한 연설이 마침내 끝나면 학생들은 교단 앞으로 나와 무슨 종교예식이라도 치르듯 고양된 심정으로 과자봉투를 받는다. 과자봉투를 손에 든 학생들은 교실 정면에 걸린 김일성과 김정일의 초상화 앞에 90도로 고개를 숙이고 자리로 돌아간다. 소년과 여동생, 남동생이 그렇게 각각 과자를 한 봉투씩 받아오니까 우리 집에는 모두 3킬로그램의 과자가 생기는 셈이다. 봉투 안에는 여러 종류의 과자가 소포장이 되어 들어 있었는데, 무슨 이유에서인지 모르지만 초콜릿은 한 번도 없었다. 캐러멜은 있었다. 소년이 가장 좋아했던 것은 귤 향기가 나는 과자였다. 처음 맡아 보는 향기가 아찔했다. 소년은 귤을 먹어 본 적이 없어서 그게 귤 냄새인지도 몰랐다.

아버지와 어머니는 자식들이 과자를 받아오면 그걸 한데 모아서 할아버지 댁으로 얼마간 드리고, 이웃에게도 나눠주었다. 단것을 먹을 기회가 드물고, 과자를 파는 가게가 따로 있는 것도 아니고, 어쨌든 어른들도 과자는 좋아했으니까. 과자 배급은 소학교 4학년에게까지만 했기 때문에, 아이가 다 자란 집은 아예 과자를 맛볼 길이 없었다. 그러나 어머니와 아버지는 과자에 거의 손을 대지 않았다.

다른 이웃에게 나눠주고 난 뒤 삼남매 몫으로 남겨진 과자는 1킬로그램 남짓에 불과했다. 부모님은 그것을 정확히 삼등분해서 삼남매에게 똑같이 나눠주었다. 그러면 소년과 여동생은 그 과자들을 며칠 못가 홀라당 다 먹어치웠다. 오직 남동생만이 일주일, 길게는 보름까지 과자들을 다 먹어치우지 않고 버텼다.

그쯤 되면 소년과 여동생은 군것질 욕심이 나서 염치도 없이 막냇동생에게 "사탕 좀 줘"라고 사정을 하기 시작한다. 물론 남동생이 자기 몫의 과자를 순순히 내줄 리가 없다. 소년과 여동생이 그런 남동생을 윽박지르지는 않았지만, 막내도 만약의 사태에 대비해 제 나름의 방도를 강구했다. 이불장 밑이나 책장 밑, 집안 창고 같은 곳에 몰래 사탕과 과자를 숨겨놓는 것이다.

소년과 여동생은 어린 동생이 과자를 어디에 숨기는지 유심히 살피고는 막내가 집을 비울 때면 집을 샅샅이 수색했다. 그러다 막내가 숨긴 과자를 발견하면 좋아라 하며 냉큼 둘이서 나눠 먹었다.

명절이나 집안 행사로 인해 친척들이 학포탄광에 올 때가 있었다. 그럴 때면 이웃들은 놀라움과 부러움이 섞인 눈으로 소년의 집을 바라보았다. 큰아버지도, 작은 고모의 남편인 고모부도 모두 고급 승용차를 타고 왔으니까. 가끔은 수행원이 따라올 때도 있었다. 집 안에서도 두 사람의 존재감은 어마어마하게 컸다. 이 두 사람이 강력히 뭔가를 주장할 때 그에 대놓고 반대할 수 있는 사람은 없었다.

친척들이 모인 자리에서는 소년의 진로가 주로 화제에 올랐다. 다른 사촌들도 많은데 친척들의 관심은 늘 소년에게 집중되었다. 소년이 또래 중에서 상당히 영특한 편이기도 했고, 또 말단 기술자인 소년의 아버지에 대해 형제들이 미안한 마음을 품고 있던 탓이기도 했다. 막냇삼촌은 아들이 없었던 데다 건달 기질로 다른 사람들의 동정을 얻지 못했다.

소년의 진로에 대해서 가장 목소리를 크게 높이는 사람도 큰아버지와 작은 고모부였다. 그런데 두 사람의 의견이 서로 달랐다.

"성호는 당 간부로 만들어야지. '2.16 대형벤츠'를 타게 해야 한다니까."

이게 큰아버지의 말씀이었다. '2.16 대형벤츠'라는 게 뭔지 소년은 몰랐다. 뭔가 노동당 고위 간부가 타는 고급 승용차인 것 같다고 짐작만 했다. 2월 16일이 김정일의 생일이니까, 그 생일에 맞춰 만들거나 하사한 관용차 아닐까?

"형님, 저는 좀 생각이 다릅니다. 김일성군사종합대학에 보내서 체계적인 군사 교육을 받게 해야 합니다. 그렇게만 되면 제가 성호 결혼까지도 책임질 수 있습니다."

이건 작은 고모부의 얘기였다. 자기가 졸업한 김일성군사종합대학에 대한 자부심이 대단한 인물이었다. 그렇다 해도 자신이 어떻게 조카의 결혼까지 책임질 수 있는지에 대해서는 설명하지 않았다.

큰아버지와 작은 고모부의 견해 차이는 보기처럼 간단한 문제는 아니었다. 북한 정치의 핵심부에서는 늘 조선노동당과 조선인민군 사이의 권력투쟁이 벌어지고 있었다. 김일성이 살아 있는 동안에는 대체로 조선노동당이 군부보다 우세

라는 평가였다. 아버지의 자리를 물려받은 김정일은 군대의 힘을 키우는 것을 최우선 정책으로 삼는다는 '선군정치'(先軍政治)를 채택했다. 자연스럽게 노동당과 군부의 권력관계도 역전되었다. 조카의 진로를 둘러싼 논쟁은 어쩌면 당 간부인 큰아버지와 고급 장교인 작은 고모부 사이의 자존심 대결이기도 했고, 국가 발전전략을 둘러싼 입장 차이이기도 했다.

소년은 작은 고모부보다는 큰아버지를 훨씬 더 존경했다. 큰아버지는 고위직에 있는데도 어떤 뒷거래도 하지 않고 청렴한 인물이었다. 맡은 바 임무에 충실하고 늘 지역과 국가를 생각하는 분이었다. 어린아이의 눈에도 그게 보였다.

하지만 소년의 장래 희망은 노동당 간부가 아니라 군인이었다. 전쟁을 일으켜 남한을 공산화시키고 싶었기 때문이다.

사탕 때문에 김일성 김정일에 대한 충성심이 생기지는 않았다. 수업 시간에 김일성이나 김정일이 한 말을 외우고 그들 부자의 초상화 앞에서 절을 한다고 딱히 생각이 달라지지도 않은 것 같다. 소년의 마음을 움직인 것은 '남한의 현실'에 대한 교육이었다.

학교 선생님은 남한에서 살고 있는 어린이들에 대해 이렇게 설명했다.

"여러분, 썩고 병든 남조선 사회에서는 여러분 나이의 어린이들이 그야말로 죽지 못해 살아가고 있답니다. 너무 굶주리다 보니 쓰레기통에서 쓰레기를 주워 먹고 살아요. 그게 다 남조선 괴뢰와 미 제국주의자들 때문입니다. 여러분이 빨리 커서 남한을 해방시키고 남한 사람들을 수령님의 품에서 행복하게 살게 해야 합니다. 남조선 인민들이 모두 그걸 원하고 있어요."

선생님 말씀은 계속 이어진다.

"아이들은 굶어 죽어 가는데 남조선에서 자본가와 지주들은 우유로 목욕을 하고 있습니다. 미군이 버리는 음식물 찌꺼기를 얻어가려고 아이들끼리 치고받고 싸워요. 그 아이들 대부분은 옷도 없고 신발도 없답니다. 여러분은 그런 남한이 아닌 북한에서 태어났으니, 이 얼마나 다행이고 자랑스러운 일입니까?"

그런 이야기를 듣다 보면 소년은 눈에 눈물이 핑 돌았다. 내 나이 또래 친구들이 먹다 버린 음식물 쓰레기를 얻기 위해 제국주의자들이 군대 앞에서 노숙을 한다니.

"우리는 무엇보다 이런 나라를 만들어주신 김일성 수령님께 감사하는 마음을 가져야 합니다. 우리 생명을 수령님께 바친다고 생각해야 합니다. 하지만 그게 전부는 아닙니다. 우리만 잘 살면 되는 게 아니기 때문입니다. 남한 인민들을 구해야 합니다! 당장이라도 전쟁이 일어나면 여러분 한 사람 한 사람이 총과 폭탄이 된다는 마음으로, 언제든 목숨을 버릴 수 있다는 각오를 해야 합니다. 그것이 가장 위대한 삶이요, 우리를 감사하게 키워준 수령님과 국가에 충성을 다하는 길입니다!"

선생님의 이야기를 소년은 굳게 믿었다. 그래서 군인이 되고 싶었다. 옳은 일, 좋은 일을 하고 싶었다. 남한 사람들을 돕고 싶었다. 군인이 되면 틀림없이 장군 정도는 될 수 있으리라고 생각했다.

실제로 소학교에 다닐 무렵 소령 계급의 군인들이 집에 찾아와 따로 소년의 신체를 검사하고 가기도 했다. 군부에서는 엘리트 코스를 밟게 될 아이를 그렇게 일찌감치 문제가 없는지 살펴본다. 김일성, 김정일과 고위 간부들의 시중을 드는 여군 부대인 '기쁨조'에 들어갈 여성도 이렇게 어린 나이부터 물색한다고 한다.

역으로 말하자면 소령들이 집에 찾아왔다는 것은, 소년의 미래가 그만큼 보장되어 있다는 뜻이기도 했다. 학교 친구들은 그 소식에 모두 소년을 부러워했다.

그러니저러니 해도 소년은 철없는 어린아이였고, 남조선 해방전쟁보다는 주변에서 벌어지는 재미있는 놀 거리에 관심이 많았다.

그러니저러니 해도 학포탄광은 국경 근처의 시골 마을이었고, 그곳 사람들은 대개 착하고 순박했다. 가혹한 감시사회라지만 사람들의 일상 전체가 잿빛이었던 것만은 아니었다.

대기근 전 가장 즐거운 추억을 하나 꼽으라면 집에 TV가 생겼던 일이다. 학포탄광 마을 전체에 TV를 가진 집이 열 가구가 채 되지 않았는데 그의 집에 TV가 들어오게 된 것이다. 1988년의 일이었다.

큰아버지가 뭔가 공을 세워 조선노동당에서 컬러 TV를 하사받게 되면서, 그때까지 가지고 있던 흑백 TV를 소년의 아버지에게 주게 되었다. 당시 큰아버지는 함경북도의 도청 소재지인 청진시에 살고 있었는데, 아버지는 공장에 휴가를 내고 형의 집으로 갔다.

청진시는 학포탄광에서 그리 멀리 떨어진 곳은 아니다. 자동차로 똑바로 간다면 한 시간 남짓이면 갈 거리다. 하지만 아버지에게는 차가 없었고, 학포탄광에서 청진시까지 제대로 닦인 도로도 없었다. 하루에 두 차례 운행하는 증기기관차가 전부였다. 그나마도 기차 노선이 본선과 지선으로 복잡해서, 하루 만에 다녀올 수가 없었다. 아버지는 기왕 어렵게 휴가를 얻어 청진시에 간 김에 형의 집에서 며칠 보낼 참이었던 것 같다.

문제는 전화가 없으니 소년으로서는 아버지가(그리고 TV가) 언제 집에 올지 알 수가 없었다는 점이다. 아버지는 4일 만에 돌아왔는데, 소년은 그사이에 하루에 두 번씩 기차가 학포탄광에 올 때마다 혹시 아버지가 오시지 않았나 하고 기차역으로 뛰어나갔다. 옆집 아저씨도 TV를 실을 손수레를 끌고 소년과 함께 기차역에 갔다.

그렇게 받아 온 TV는 엄청나게 컸다. 뒤가 불룩한 브라운관식 TV였는데 무게가 40킬로그램은 됐다. TV가 손수레에 실려 집으로 올 때에는 마을 사람들이 다 길가에 나와 무슨 카퍼레이드라도 벌이는 듯했다. 이후 소년의 집에는 드라마나 영화를 방영하는 때면 이웃 사람들이 미어터지도록 몰려들었다.

TV에는 다이얼식 손잡이가 있어서 12개 채널을 선택할 수 있게 되어 있었는데, 실제로는 북한의 공영방송인 조선중앙 TV밖에 나오지 않았다. 중국 국경 근처였으니까 중국 TV 전파도 수신할 수 있었을 텐데, 기계 부품에 뭔가 조작을 한 것 같았다.

그렇다 해도 라디오가 아니라 TV다. 잘생긴 배우와 아나운서들의 얼굴과 몸이 나오고, 그들이 울고 웃는 모습을 실감 나게 볼 수 있다. 프로그램 대다수는 북한 체제를 찬양하는 뉴스와 선전물이었지만 가끔은 소련이나 중국의 영화를 방영하기도 했다. 그런 특선영화를 상영할 때면 소년의 작은 집에 어른 아이를 합해 100명 가까운 사람들이 들어왔다. 막을 수도 없었다. 동네 어린이들에게는 아동 방송시간에 방영하는 만화영화와 어린이용 영화의 인기가 대단했다. 학교에서는 '전날 TV를 봤다'는 것 자체가 하나의 자랑거리였다.

소년은 오후 8시 뉴스 시간에 방영하는 남조선 소식에 빠져들었다. 주된 내용은 남한의 독재정권에 맞서 싸우는 청년 대학생들의 모습이었다. 그 대학생들은 무척 용감해 보였다. 곤봉과 방패를 든 전투경찰에 쇠파이프를 들고 맞서기도 하고, 도로에 누워 구호를 외치기도 하고, 더러는 경찰에 체포되어 끌려가기도 했다. 불의에 항거하는 젊은이들의 모습에 소년은 몹시 감동을 받았다. 그와 별도로 그들이 입고 있는 옷이나 걸치고 있는 안경도 퍽 멋져 보였다.

영화 이야기도 할까?

학포탄광 마을 중심부에는 문화회관이 있었다. 그 안에는 수백 석 규모의 다목적 대강당이 있었는데 여기서는 각종 강연회나 학습대회, 김씨 왕조에 충성을 다짐하는 행사가 열렸다. 때로는 공개재판이 진행되기도 했다.

그러나 여기서 열린 여러 가지 행사들 중 가장 인기 있었던 행사는 공개재판 따위가 아니라 영화 상영이었다. 영화는 간헐적으로 필름이 들어와서 하루에 서너 번씩, 며칠간 이곳에서 개봉했다. 그럴 때면 사람이 압사하는 게 아닌가 우려될 정도로 관객이 몰려들었다. 인파에 낀 어린아이들은 울고불고 난리였다. 사람으로 가득 찬 복도는 담배 연기로 앞이 거의 보이지 않을 지경이 되었다. 남자 어른들은 거의 대부분 담배를 피웠다.

당시 영화표 값은 북한 돈으로 1원이었다. 집 형편에는 삼남매가 다 같이 영화를 보러 가는 것은 사치였다. 소년 아버지의 월급이 20원이었다.

동네 아이들의 사정이 대개 비슷했고, 소년 일당은 문화회관으로 침입할 작전을 짰다. 마침내 발견한 통로는…… 재래식 변소의 분뇨통을 통해 건물 안으로 들어가는 방법이었다. 남자 화장실의 분뇨통으로 들어가 변기를 아래에서부터 위로 올라간 것인데, 겨울이면 대변이나 소변이 꽁꽁 얼어 있었으니까 그게 몸에 많이 묻지는 않았고, 어린 영화광들의 열정은 무척 뜨거웠다고만 해두자.

순박함은 선량함만큼이나 무지와도 관계가 깊다. 그것은 때로 깜짝 놀랄 정도의 무례함이나 잔인함으로 발현되기도 한다. 학포탄광에서의 삶을 제대로 묘사하려면, 그에 대해서도 몇 자 적어야 할 것 같다.

영화관에 몰래 들어간 아이들에게 가장 재미있는 놀이 중 하나는 2층 객석에서 1층으로 침을 뱉는 것이었다. 특히 젊고 예쁜 여자가 있으면 집중 표적이 되었다. 예쁜 아가씨가 침을 맞아 당황해하는 모습에 소년 일행은 낄낄거리며 즐거워했다.

영화관 밖에서 소년 패거리는 장애인들을 찾아 놀리고 괴롭혔다.

학포탄광 마을에는 지적장애인이 두 사람 있었다. 소년소녀들은 어린 악마처럼 그들을 집요하게 쫓아다녔다. 한 사람은 20대 남자였는데 하늘을 향해 알아들을 수 없는 말을 중얼거리며 걸어 다녔다. 또 한 사람은 비슷한 나이의 여자였는데 머리를 세차게 흔들면서 침을 자주 뱉었다. 그들은 무섭고 매혹적이었다. 소년과 친구들은 그 가엾은 남녀를 향해 몇 미터 떨어진 곳에서 욕을 하거나 돌을 던졌다. 때로는 그 지적장애인들도 화가 나서 아이들을 쫓아왔다. 어린 악마들은 그럴 때 공포와 스릴감을 동시에 느끼며 도망쳤다. 가끔은 그 정신이상자에게 붙들려 얻어맞고 우는 아이들도 생겼다.

뒷집에는 전향한 국군포로가 살았는데 아들딸이 여섯 명이나 되었다. 그래서 늘 살림살이가 어려웠다. 그 집 막내아들이 소년과 나이가 같았는데, 소아마비 환자였다. 이름은 신명철이었다.

신명철은 머리는 똑똑했는데 병 때문에 제대로 걷지 못했다. 집에서 밥을 제대로 먹지 못해 몸도 아주 가냘프고 말랐다. 건강이 안 좋아 학교를 쉬는 바람에 한 살 아래인 아이들과 수업을 함께 들었다.

아이들은 명철을 걸핏하면 때렸다. 손으로도 때리고 발로도 찼다. 나이가 한참 어린 아이들도 명철을 우습게 알고 폭행했다. 그저 보기에 이상하다는 게 이유였다. 명철은 그런 매질을 꾹 참다가 간혹 서럽게 눈물을 흘렸다. 어떤 때에는 소리 내어, 어떤 때에는 소리 없이. 그러나 아무도 명철을 도와주지 않았다.

한 학년 위에는 한쪽 손의 손가락이 여섯 개인 아이가 있었다. 엄지손가락이 두 개로 갈라져 있었다. 그의 별명은 '육손가락'이었다. 상급반임에도 불구하고 소년과 친구들은 그 반까지 찾아가서 그를 괴롭혔다. 교실 밖에서 "육손가락, 육손가락!" 하고 소리치고 도망치곤 했다. 육손가락은 그런 말을 들을 때 몹시 창피해했지만, 그래도 다른 신체 부위는 멀쩡했기에 명철만큼 무방비로 당하지는 않았다. 간혹 육손가락의 동급생들이 아이들을 쫓아내기도 했다.

같은 학년에는 속칭 '언청이'라고 하는 구순구개열 환자가 있었다. 그의 어머니와 형도 모두 구순구개열 환자였다. 유전이었던 모양이다. 역시 놀림거리였다. 아이들은 그를 "코째지개, 입째지개"라고 놀렸다. 그런데 이 친구는 상당히 배짱이 있어서 다른 아이들이 자신을 놀리거나 때려도 아픈 내색을 하지 않고 버텼다. 집안 형편이 굉장히 어려웠는데 어느 날에는 형제가 식료품 상점을 털었다. 김일성의 생일에 나눠주고 난 과자봉투가 그 상점에 전시된 걸 보고 도둑질을 했다고 한다.

이들은 과자봉투를 사십 봉지 넘게 훔쳤는데, 형제가 하루 만에 그걸 5킬로그램 어치나 먹었다고 한다. 곧 보안원에 붙잡혔지만 너무 어려서인지 감옥에 가지는 않았다. 그러나 만신창이가 되도록 얻어맞았다. 형제는 보안원에게도 맞고 상점 주인에게도 맞았다.

3.
'미공급' 사태에 대하여

북한 사람들은 1990년대 중후반 당시 그들이 겪던 대기근을 '고난의 행군'이라고 부르지는 않았다. '미공급'이라고 불렀다. 식량배급이 끊어졌다는 의미다. 이 참사에 '고난의 행군'이라는 이름을 붙인 것은 북한 당국자들이었다.

원래 '고난의 행군'이라는 용어는 김일성이 일제시대에 벌였다는 항일운동을 가리키는 말이었다. 북한 당국자들은 김일성의 당시 투쟁정신을 본받아 위기를 극복하자며 대기근에도 같은 이름을 붙였다.

식량 배급은 각 가정이 정해진 날에 배급소에 자루와 배급표를 가져가서 식구 수에 따라 곡물을 받는 식으로 이뤄졌다. 배급일은 가정마다 달랐다. 1인당 배급량도 달랐는데, 성인 근로자라면 옥수수 낟알을 하루 700~800그램씩 먹는 걸로 쳤다. 일을 하지 않는 주부, 노인, 장애인은 하루 배급량이 300그램이었다. 청소년은 400~500그램이었다. 계산이 이렇다 보니 일하지 않는 부양가족이 많을수록 그 가정은 밥이 늘 모자랄 수밖에 없었다.

세대주가 공장이나 농장 등 일터로 출근하지 않으면 결근 일수만큼 배급량을 줄였다. 그 사람 1인분 어치만 줄이는 게 아니라 온 가족 배급량을 다 줄였다. 그러니 몸이 아무리 아파도, 또 가서 할 일이 하나도 없더라도 기를 쓰고 출근해야 했다.

옥수수알 하루 700~800그램도 성인에게 결코 충분한 양이 아니다. 게다가 곡류를 제외한 나머지 음식은 거의 주지 않아 배급이 제대로 이뤄질 때에도 주민들의 영양상태는 좋지 않았다. 주민들은 이렇게 받은 옥수수로 밥을 지어 먹기도 하고, 누룽지를 만들어 과자처럼 먹기도 하고, 강낭콩을 넣어 죽을 끓여 먹기도 했다. 그런 음식을 만들면 이웃끼리 조금씩 나눠 먹기도 했다. 텃밭에서 키운 감자나 채소를 반찬으로 삼았다.

된장이나 간장, 각종 기름은 국영상점에서 팔았다. 그런
데 이 상점은 물건을 진열만 하고 있을 뿐 실제로 영업은 거
의 하지 않았다. 주민들은 명절이나 김일성 부자의 생일 같
은 때 상점에 가서 두부 한 모, 소주 한 병, 배 한 알씩을 살
수 있었다. 자유로운 상거래라기보다는 다른 종류의 배급이
었다.

앞서 언급했듯이, 암시장도 있었다. 어머니가 옥수수 700
그램을 주고 아버지가 마실 술 한 병을 사 왔던. 옥수수는 비
공식 화폐나 다름없었다. 두부 한 모는 옥수수 400~500그
램, 돼지고기 1킬로그램은 옥수수 5킬로그램이었다. 몰래
술이나 두부를 만들어 파는 이들은 주로 출신 성분이 안 좋
아 직장에서 승진에 관심이 없는 사람들이었다. 불법이지만
거의 공공연한 비밀이었고, 당국이 가끔 형식적으로 단속을
하는 정도였다.

집의 창고를 개조해서 돼지를 키우는 사람도 있었다. 술과
두부를 만드는 것과는 달리 돼지 사육은 합법이었다. 그러나
사료가 많이 들기 때문에 여러 집에서 돼지를 치는 집으로
음식물 쓰레기를 모아주었다. 대신 나중에 돼지를 잡을 때
고기를 몇백 그램씩 얻어갔다.

그렇게 돼지를 쳐서 TV나 재봉틀을 살 정도로 목돈을 모으는 사람도 있었다. 바다에 가까운 지역에서는 물고기를 잡아 돈을 버는 사람들이 있다고 했다.

　보통 4인 가정이 한 번에 받아오는 배급량은 25킬로그램이었다. 어린아이가 들어갈 수 있을 만한 커다란 자루에 옥수수를 한가득 받아 온다. 그리고 다음 배급일까지 그걸로 지내는 것이다. 가끔 어린아이들이 어머니 몰래 집 안에 쌓아놓은 옥수수를 들고 나가 빵이나 엿으로 바꿔 먹고 나중에 들켜서 매를 맞았다. 다음 배급일까지 버틸 옥수수가 없는 집은 이웃에 사정해서 식량을 꿔야 했다.

　이것이 1990년대 초반까지 학포탄광의 상황이었다.

　1993년이 되자 제날짜가 아니라 며칠 뒤에 식량이 나오는 식으로 식량배급에 차질이 생기는 날이 생겼다. 그해 여름쯤에는 배급시스템이 뭔가 비정상적으로 돌아가고 있다는 생각을 사람들이 다들 품게 되었다.

　1994년 초에는 청년 두 명이 집단농장의 콩을 훔친 죄로 공개총살을 당했다.

　그날은 새벽부터 인민반장이 집집마다 돌아다니며 "공

개총살을 실시하는 날이니 한 사람도 빠짐없이 참가하라"
고 이야기하고 다녔다. 처형장소는 마을 외곽의 빈 밭이었
다.

소년이 처형장에 갔을 때에는 이미 천 명 정도 되는 사람들
이 모여 있었다. 아이들도 빠짐없이 처형을 지켜봐야 했다.
사실 아이들은 처형 장면을 놓치지 않으려고 어른들 다리를
헤치며 조금이라도 앞이 잘 보이는 장소를 찾았다. 하늘에는
그 자리에서 사람이 죽을 것을 어떻게 알았는지, 까마귀 떼
가 몰려와서 날아다니며 울고 있었다.

군인인지 보안원인지 알 수 없는, 제복을 입은 남자들이 밭
한가운데에 단상을 만들었다. 단상 뒤에는 흰 천을 둘렀고,
김일성 초상화도 가져다 놓았다. 그 단상 아래 말뚝을 두 개
박았다.

오후 두 시쯤에야 제복을 입은 남자들이 사형수를 끌고 왔
다. 사형수는 두 명이었다.

밤에 집단농장 양곡보관소에 들어가 콩을 훔친 범인은 모
두 일곱 명이었는데, 공개재판에서 주동자 두 명은 공개총살
형을, 나머지 다섯 명은 징역형을 받았다. 그들이 훔친 콩은
모두 사람당 수십 킬로그램 정도였다.

트럭에서 끌어내려진 두 사람은 제대로 걷지도 못하는 상태였다. 몸은 비쩍 말랐고, 얼굴은 너무 맞아서 피투성이가된 채 부어 있었다. 자신들이 어떤 상황에 있는지도 모르는 듯했다. 총으로 쏘지 않고 그 자리에 가만히 놔두기만 해도곧 죽을 것 같은 상태였다.

제복을 입은 남자들이 걷지 못하는 사형수를 끌다시피 해서 흰 천 뒤로 데려갔다. 아이들 몇몇은 사형수에게 벌어지는일을 보고 싶어 단상을 빙 돌아 달려갔다. 소년도 그중 한 명이었다.

제복을 입은 남자들이 흰 천 뒤에서 사형수에게 재갈을 물리고 눈에 가리개를 씌웠다. 그다음 구둣발로 사형수의 몸을밟았는데 그때까지 의식이 없는 것처럼 보였던 사형수들이재갈을 입에 문 채로 비명을 질렀다. 갑자기 사형수들의 팔과 다리가 덜렁거렸다. 관절이 꺾인 것 같았다.

그렇게 팔다리를 못 쓰게 된 사형수를 남자들이 양쪽에서팔을 잡고 문자 그대로 땅에 질질 끌었다. 남자들은 사형수를 다시 단상 앞으로 데려갔다. 그러자 당 간부가 단상에 올라가 큰소리로 죄수들이 저지른 잘못을 말했다.

간부는 무엇보다 죄수들이 도둑질을 할 때 군복을 입고 군인 흉내를 낸 것이 문제였다고 말했다. 군인들에 대한 국민의 신뢰를 떨어뜨렸다는 것이었다.

남자들은 죄수를 말뚝에 밧줄로 묶었다.

말뚝에서 이십 미터쯤 떨어진 곳에 소총수 여섯 명이 섰다. 소총수들이 총을 들고 과녁을 겨냥했다.

"인민의 이름으로 처형한다!"

간부가 외치자 소총수들이 총을 세 발 발사했다. 사형수들의 머리가 터지면서 피와 뇌 조각이 땅바닥에 쫙 깔렸다.

다시 간부가 뭐라고 구호를 외쳤고, 소총수들이 총을 세 발씩 쏘았다. 이번에는 가슴이 목표였다. 죄수 한 사람의 밧줄이 총알로 끊어졌다.

간부가 뭐라고 다시 구호를 외쳤고, 소총수들이 총을 세 발씩 더 발사했다. 이번에는 배가 과녁이었다.

까마귀들이 하늘에서 내려와 바닥에 떨어진 뇌 조각을 먹었다.

아이들은 눈이 동그래져 넋이 나간 상태였다. 피 냄새가 진동했다. 몇몇 사람은 바닥에 먹은 걸 토했다.

제복을 입은 남자들이 밧줄을 잘라 한쪽 사형수의 몸을 말뚝에서 떼어냈다. 다른 쪽 사형수는 밧줄이 이미 총알로 끊어져 그럴 필요도 없었다. 남자들은 사형수의 시신을 트럭에 싣고 어디론가 떠났다.

아무도 말을 하지 않았다.

이때를 시작으로 공개총살이 늘어났다. 농장에서 밭을 가는 데 쓰는 소를 잡아먹은 가족이 처형됐고, 탄광에서 쓰는 구리선을 훔쳐 국수와 바꿔 먹은 광부가 처형됐다. 도시에서는 한 주가 멀다 하고 공개처형이 벌어진다고 했다. 개중에는 옥수수 몇 개를 훔친 혐의로 총에 맞는 사람도 있다고 했다.

이건 너무 심한 것 아닌가, 하고 불만을 품는 사람도 있었다.

그러나 그런 생각을 입 밖으로 꺼내는 사람은 없었다.

1994년 여름이 되자 식량 사정이 더 안 좋아졌다. 공장에서는 직원들을 상대로 '이번 달에는 배급이 없다'는 공지를 했다. 그러나 공장에 다니지 않는 사람들은 자루를 들고 배급소에 가서야 그 말을 듣고 눈앞이 아찔해지는 경험을 종종 하곤 했다. 그런 와중에도 당 간부나 보위부, 보안원의 아내들은 밤에 몰래 배급소에 가서 식량을 얻어갔다.

학교를 나오지 않는 아이들이 생겼다. 송경수라는 급우가

학교에 나오지 않자 "황용복에게 맞아서 그렇다"는 소문이 돌았다.

원래 경수와 용복은 무척 친한 사이였다. 서로 집에도 자주 놀러가곤 했다. 경수의 어머니는 도서관 사서였고, 용복의 어머니는 결핵병원에서 간호사로 일했다. 용복의 어머니는 병원에서 일하다 보니 환자 가족으로부터 뇌물을 종종 받았던 모양이다. 계란이나 빵 같은 음식들이었다. 환자가 먹을 용도로 준비한 음식도 집에 가져왔던 것 같다.

어느 날 용복은 집에 왔다가 대문이 열려 있고, 경수가 부엌에서 밀가루반죽을 뜯어먹는 현장을 발견했다고 한다. 경수는 식량 형편이 넉넉한 친구 집에 몰래 숨어 들어가 부엌을 뒤진 것이다. 그리고 아직 조리도 하지 않은 반죽을 보자마자 그 자리에서 입에 넣었던 것이다. 용복은 고함을 치며 친구에게 달려들어 상대를 무지막지하게 두들겨 팼다.

이후 경수는 학교에 나오지 않았는데, 창피해서였는지 아니면 학교에 올 힘이 없어서였는지는 아무도 몰랐다. 얼마 되지 않아 경수의 어머니가 굶어 죽었다는 소문이 퍼졌다. 경수와 그 동생들은 양강도 혜산에 있는 친척집으로 갔다고 했는데, 그 뒤로는 볼 수가 없었다. 모두 굶어 죽었다는 소문만 돌았다.

1995년에 완전히 배급이 끊겼다. 이제 '굶어 죽는다'는 것은 운 없는 몇몇의 문제가 아니었다. 평범한 북한 주민들의 국가관이 바뀌기 시작한 것도 이때쯤이었다.

굶주리다 보면 사람은 '어느 동네에는 먹을 게 많다던데?'라는 정보에 민감해진다. 주민들 사이에서 '중국은 먹고 살기 괜찮다더라, 남한도 (비록 미국제국주의 앞잡이들이 나라를 지배하고 있기는 해도 어쨌든) 먹을 건 풍족하다더라'는 말이 돌았다.

학포탄광 사람들은 이전까지 외국에 대해서는 어떻게 사는지 알지 못했고 별 관심도 없었다. 특히 아이들은 북한이 세계 최고의 국가라는 주입식 교육을 받으며 자라, 외국은 자신들이 가서도 안 되고 갈 일도 없는 곳으로 여겼다. 천왕성이나 해왕성 같은 느낌이었다고나 할까. 그런데 소년은 이제 '수령의 은혜고 뭐고 닭 한 마리만 준다면 어느 나라로 가도 상관없다'고 생각했다.

배급경제가 무너지자 그 틈을 시장경제가 메웠다. 이 시점에서 주민 간 상거래는 이미 암시장이라고 부를 수 없는 형태였다. 먹을 것을 구할 수 있는 유일한 방법이었다. 장사를 위한 공간이나 전문적으로 장사를 하는 직업 상인이 바로 등

장한 것은 아니었다. 처음에는 사람들이 물건을 들고 다른 집을 돌아다니며 "이거 원하지 않으냐"고 묻고 자신에게 필요한 물건으로 바꿔 가는 형태였다. 모든 이가 방문판매를 하게 된 셈이었다. 그러다가 '장마당'이라고 하는 시장이 생겨났다.

소년이 식량과 바꾼 물건은 중국제 운동화였다. 그것은 누가 사준 것이 아니라, 그가 노동의 대가로 얻어낸 물건이었다.

북한의 주요 수출품 중 하나가 송이버섯이다. 그런데 송이버섯은 양식이 되지 않는다. 송이 철에 산에 올라가 산길을 돌아다니며 캐오는 수밖에 없다. 산삼을 캐는 심마니의 일과 별반 다르지 않다. 주민이 송이버섯을 채취해오면 국가에서 운영하는 수매소에서 그걸 설탕이나 밀가루, 기름이나 다른 공산품으로 바꿔준다.

소년은 열세 살이 되던 해에 오로지 새 신발을 목표로 한동안 매일 새벽 4시에 근처 산에 올랐다. 그렇게 두세 시간 동안 송이를 찾아 헤맨 뒤에야 학교에 갔다. 그해에 송이가 많이 났고, 운도 따라서 결국 송이를 팔아 원하던 신발을 손에 쥘 수 있었다. 그렇게 얻은 외제 운동화는 그의 발보다 살짝 커서 아직은 신을 수 없었다. 소년은 신발을 보자기에 고이

싸서 집 한구석에 숨겨 뒀다.

어머니가 그를 따로 불러 "네 신발……"이라고 말했을 때 소년은 무슨 상황인지 바로 알아차렸다. 온 가족이 굶어 죽을 판에 신발이 무슨 소용이겠는가. 그러나 너무나 아끼던 물건이기에 그 자리에서 고개를 끄덕일 수가 없었다. 억울해서 눈물이 날 정도였다. 소년은 이틀간 고민했고 어머니는 기다렸다.

그의 신발은 옥수수 9킬로그램에 팔렸다. 옥수수 4, 5킬로그램 정도 받을 수 있을 거라던 어머니의 예상을 훨씬 뛰어넘는 값이었다.

그만큼 좋은 신발이었다.

배급이 끊기자 전력이나 철도 같은 사회기반시설도 급속도로 엉망이 되어 갔다.

꼭 거기서 일하는 사람들이 기력이 빠져서 그런 것만은 아니었다. 거기서 일하는 사람들이 장비나 연료를 빼돌려서만도 아니었다.

발전소나 공장, 탄광은 껐다 켤 수 있는 가전제품이 아니다. 이들 시설은 가동을 시작하거나 멈추는 데 준비 과정이 길다. 또 서로 긴밀하게 연결되어 있다.

탄광에서 작업자들이 힘이 없어 일을 하지 못하면 갱도에 물이 찬다. 지하수를 퍼내는 펌프는 한번 물에 잠기면 말린다고 해도 더는 작동하지 않는다. 그래서 석탄을 제때 공급하지 못하면 화력발전소가 멈춘다. 발전소 자체도 전기제품이라 한번 가동을 멈추면 전기 없이는 다시 작동하지 않는다.

북한의 열차는 전기를 사용하는 전철인데, 철도가 멎으면 탄광에서 석탄을 다시 캐내도 이걸 발전소까지 실어 나를 도리가 없다. 발전소에서 전기를 받지 못하면 펌프를 돌리지 못해 탄광이 다시 물에 잠긴다.

이런 식으로 사회 전체가 마비되어 갔다. 공장 설비 중에도 전기가 끊어지면 다시는 못 쓰는 물건들이 많다. 쇳물이 용광로 안에서, 또는 페인트가 탱크 안에서 굳어버리는 상황을 상상해보라.

북한 정부도 이 사실을 알았다. 극도로 폐쇄된 경제시스템 속에서 그나마 가동되는 시설을 지켜야 이 악순환의 고리를 끊을 수 있었다. 작업자들이 아무리 배가 고파도 일터로 나와 작업을 해야 한다는 의미였다.

용해공인 아버지는 특히 탄광에서 없어서는 안 될 핵심 기술을 갖춘 사람이었다. 그가 출근을 하지 않으면 탄광에서 작업반장이 집으로 찾아와 강제로 연행해 갔다.

북한 정부는 급기야는 아예 주요 시설 직원들에게 순직을 강요했다. 북한 정부는 그들에게 조국을 위해, 미래를 위해, 직장에서 일하다 죽자고 공공연히 선전했다. 그것이 충성이라고 했다. 확성기를 단 차가 거리를 돌아다니며 무시무시한 노래를 틀었다.

순결한 양심을 바치리. 우리 장군님께. 우리 당께. 고난이 와도 두렵지 않고…….

비겁한 자야, 갈 테면 가라. 우리들은 붉은 기를 지키리라.

유세차는 요령 아닌 요령도 몇 가지 전수했다. 가을에 베고 남은 벼 뿌리를 캐서 씻은 뒤 잘라 먹으라는 것, 먹을 수 있는 흙이 있으니 찾아서 먹으라는 것이었다. 팽윤토라는 이름의 그 흙은 물과 섞어 반죽을 만든 뒤 과자처럼 구우면 먹을 수 있다고 했다. 그러나 그 흙을 먹으면 장기가 상한다는 이야기는 하지 않았다.

성품이 순한 사람들, 충성심이 강한 사람들은 확성기에서 나오는 명령을 따랐다. 정부를 믿었던 사람들이 먼저 굶어 죽었다. 그들은 흙을 먹으며 죽어갔다.

미공급 사태가 이어지자 학포탄광에서는 작업자들을 편법으로 지원하기도 했다. 광부들이 매일 석탄을 한 자루씩 집으로 들고 가는 정도는 묵인한 것이다.

작업자들이 그렇게 석탄을 챙겨오면 그 가족이 그 석탄 자루를 들고 기차를 탔다. 학포탄광에서 가장 가까운 도시는 회령시였다. 학포탄광 사람들은 기차를 타고 회령역에 가서 주택가를 집집마다 돌아다니며 석탄을 팔았다. 어쨌든 회령 사람들도 난방을 해야 했고, 석탄 공급을 못 받고 있었으니까. 학포탄광 사람들은 석탄을 판 돈으로 시내에서 옥수수가루를 사서 집으로 돌아왔다.

어머니는 그렇게 구해 온 옥수수가루로 죽을 끓였다. 그 죽은 어른이고 아이고 할 것 없이 국자로 반 그릇씩 덜어 먹었다.

"나는 동생들보다 덩치가 큰데 그만큼 더 먹어야 하는 거 아닌가."

소년은 그릇을 비우고 불쑥 말했다. 막냇동생이 어른들의 눈치를 보았다. 어머니는 성호의 말을 무시했다. 아버지도 말이 없었다. 그러나 그 역시 자기 몫의 죽을 먹고 나면 유난히 먹는 속도가 느린 막내의 그릇에 담긴 죽으로 눈이 향하는 건 어쩔 수 없었다.

어머니는 식사를 한 다음에는 아이들에게 나가서 뛰어놀지 말라고 당부했다. 소년과 동생들은 방에 누워 멍하니 천장을 바라보았다.

"형, 펑펑이떡(옥수수가루로 만든 떡) 먹고 싶지 않나?"

"먹고 싶지."

"있으면 몇 개나 먹을 수 있을까?"

"한 열 개는 먹을 수 있겠다."

"그렇게 먹으면 두 끼 정도는 밥 생각이 안 날 것 같네."

"난 세 끼."

"기름을 발라서 먹으면 좋겠네."

"꿀을 찍어 먹으면 더 좋겠는데."

"꿀은 무슨 맛이야? 먹어본 적이 없는데."

남매는 누워서 그런 이야기를 오래 했다.

산나물과 버섯, 풀은 지겨울 정도로 뜯어 먹어서 생각만 해도 욕지기가 올라올 것 같았다.

굶주려 출근하지 않는 작업자가 많아지자 탄광에서는 동료들이 산에서 풀을 캐 결근자들에게 주라는 지시를 내렸다. 아버지는 박정수라는 이름의 친한 동료를 찾아갔다. 박정수는 노동당원이었고, 그 부인은 교사였다. 그들에게는 어린 아들이 둘 있었다.

기운을 잃고 집에 쓰러져 있던 박정수와 그 가족들에게 아버지는 된장을 푼 물을 먹였다. 된장 물을 마시고 정신을 차린 박정수는 소년의 아버지에게 감사하다고 말하며 서럽게 울었다.

"내가 호위국에서도 일했고, 교직원인 아내와 결혼도 했소. 사람들한테 사회주의가 좋은 거라고 선전했고, 아내도 학생들에게 그렇게 가르쳤는데……. 이제 우리는 며칠을 못 넘길 거 같네. 나도 이제 갈 때가 된 거 같소."

그것은 체제에 대한 원망은 아니었다. 노동당원 박정수는 그 순간까지도 당을 위해 순직하는 게 옳다고 믿었다. 소년의 아버지도 그렇게 생각했다.

며칠 뒤 박정수와 그 아내는 정말 굶어 죽었다. 그 아이들은 친척집으로 보내졌다.

처음에 아사(餓死)는 소문이었다.

어디서 누가 죽었다더라. 누구도 죽었다더라.

그러다 아는 사람 중에 죽는 사람이 생겼다.

얼마 뒤에는 이웃 중에 죽는 사람이 생겼다.

장애인과 노인들이 먼저 죽었다. 소년 일당이 곯리던 지적 장애인도 두 사람 모두 죽었다. 하늘을 향해 알아들을 수 없는 말을 중얼거리며 걸어 다니던 20대 남자 장애인은 가족들도 모두 다 같이 굶어 죽었다고 했다. 머리를 세차게 흔들고 침을 자주 뱉던 여자 장애인은 가족들이 어떻게든 보살피려 했으나 자신들도 형편이 좋지 않다 보니 끝내 굶어 죽었다고 들었다.

소년의 집 주변에 '띡'이라는 별명이 있던 장애인 광부가 살았다. 그는 탄광 안에 있는 철로를 따라 움직이는 수송용 차량인 광차(鑛車)를 미는 일을 했다. 띡은 30대 후반이었는데, 젊을 때 탄광에서 다리를 다쳐 한쪽 발을 절었다. 그럼에도 뛰어야 할 일이 있을 때는 날렵하게 잘 뛴다고 해서 별명이 '띡'이었다. 띡에게는 아내가 없었고, 열 살짜리 아들만 있었다. 제대로 먹지 못해 몸이 자라지 않고 머리만 커다란 아이였다.

어느 날 띡의 아들이 온 동네를 뛰어 다니며 고래고래 소리를 질렀다. 소년과 가족들, 또 이웃들은 무슨 영문인지 몰라 실성한 듯한 아이를 바라보고만 있었다.

"울 아버지 지금 그네를 타고 있다! 울 아버지 지금 그네를 타고 있다!"

아이는 웃는 것 같기도 하고 우는 것 같기도 했다. 처음에 소년은 띡의 아들이 하도 오래 굶다 보니 살짝 정신이 나간 게 아닐까 생각했다. 사람들이 웅성대며 집에서 나왔다. 결국에는 인민반장과 보안원이 와서 울부짖는 아이를 데리고 띡의 집으로 갔다.

띡은 방에서 목을 매고 숨져 있었다. 어떻게 해도 자식과 자신을 먹여 살릴 길이 보이지 않자 스스로 목숨을 끊은 것 같았다. 방에는 물건이라고는 아무것도 없었다.

사람들은 남은 띡의 아들을 보며 안타까워했다. 아버지의 죽음을 목격한 정신적 충격을 걱정한 게 아니라, "저 아이는 이제 굶어 죽게 생겼다"며 안타까워했다. 부모가 없고, 달리 자신을 거두어 줄 친척도 없다면 그 아이는 이미 죽은 것이나 다름없었다.

학교에서 음악을 가르쳤던 최희억 선생도 세상을 떠났다. 그는 그냥 평범한 교사가 아니라 학교 악단을 지휘하고, 학포탄광 인근 지역에서 위문공연 사업을 벌이던 이였다. 김일성과 김정일의 생일에는 동네에서 음악회도 열었다. 소년과 친구들에게 김일성 부자에 대한 충성 맹세를 시켰던 사람이 그였다. 말하자면 사상교육의 최전선에 있던 인물이고 학포 탄광에서 사회지도층이었다. 그랬던 사람이 자식들에게 남긴 유언은 "나는 굶어서 죽는다!"였다. 그 소문이 퍼졌다.

당시 북한 사회에서는 상당히 문제가 될 수 있는 발언이었다. '공산주의 낙원에서 왜 굶어 죽는다고 말하는가, 체제에 불만이 있다는 것인가'라고 꼬투리를 잡을 수 있었다. 자칫하면 자식들이 피해를 입을 수도 있었다. 죽을 때에도 사회주의 체제에 감사하며 죽어야 했다. 그렇게 원망을 담은 말을 하면 안 되었다.

소년은 풍문으로 전해들은 최희억 선생의 유언에 몸을 떨면서도 그가 '굶어 죽는 이유'에 대해서는 왜 한 마디 말도 남기지 않은 것인지 의아하게 여겼다. 소년은 아버지에게 "왜 식량이 없나? 왜 배급을 안 주나?" 하고 몇 번 물었다. 아버지는 "곧 주겠지, 기다려야지"라고 대답했다.

소년은 따지려던 게 아니었다. 그는 어른들 세계에 무언가 심각한 결점이 있음을, 거대한 거짓이 그것을 덮고 있음을 깨닫기 시작했다. 소년은 '장군님'이 이런 상황을 아는지, 안다면 왜 아무 대책도 내놓지 못하는 것인지에 대해 의심을 품었다. 소년은 이제 극장에 숨어 들어가고 장애인들을 괴롭

히는 어린아이가 더 이상 아니었다.

아침에 눈을 뜨면 어제는 누가 굶어 죽었다더라, 누구도 굶어 죽었다더라 하는 이야기뿐이었다. 이제 이웃이 죽어도 문상을 가지 않았다.

죽음을 앞두게 되자 여자들이 남자들보다 입이 더 거칠어졌다. 특히 나이 든 여자들이 독해졌다.

아직 배급소에는 식량이 있었다. 상부에서 언제까지는 곡물을 나눠주지 말라고 지시가 내려온 모양이었다. 할머니들이 그 앞으로 몰려가 농성했다. 할머니들은 아무도 하지 못하는 말을 당당하게 했다.

왜정 때도 이렇게 먹을 게 없지는 않았다, 태평양전쟁 때도 먹을 건 줬다, 6·25 전쟁 때도 이 정도는 아니었다, 쥐들은 그 안에 있는 곡식을 훔쳐 먹는데 사람은 쥐만도 못하단 말이냐……. 할머니들은 나뭇가지처럼 마른 팔과 다리를 흔들며 악을 썼다.

그래도 배급소 문은 열리지 않았다.

4.
귀신이 나오는 집

 열차에는 유리창이 하나도 없었다. 안팎으로 페인트도 모두 벗겨져 흉한 모습이었다. 객차 통로 입구 위에는 김일성과 김정일의 초상화가 걸려 있었다.

 굶어서 **삐삐** 마른 사람들이 지친 표정으로 열차에 서 있었다. 열차 내부는 이미 만원이었다. 객차와 객차 사이를 연결하는 통로는 물론 차량 지붕 위에까지 사람이 올라가 있었다. 열차가 역에 서면 기차를 기다리던 사람들이 막무가내로 올라탔다. 계단으로 제대로 들어오는 게 아니라 유리가 없는 창문틀을 잡고 올라왔다. 열차 운행이 들쭉날쭉해져 한번 기차를 놓치면 며칠을 기다려야 할지 모르는 상황이었으므로 어쩔 수가 없었다.

전력 상황은 최악이었고, 전기로 가는 열차는 가다 서다를 반복했다. 가까운 역까지 가는 데 하루가 넘게 걸리기도 했다. 사람들은 선 채로 열차에서 잤다. 소년은 아버지 몸에 기대 꾸벅꾸벅 졸았다.

그들은 고모부가 있는 개천으로 가고 있었다. 정식 명칭이 14호 관리소인 개천 정치범수용소가 목적지였다. 개천수용소까지는 한 번에 갈 수도 없었다. 지선에서 본선으로, 거기서 통근열차로, 열차를 여러 번 갈아타야 했다. 며칠이 걸릴지 모르는 길이었다. 어머니와 여동생, 막냇동생은 집에 남았다.

사람들이 가득 들어차 있는 열차에서는 엄청난 악취가 났다. 제대로 씻지 않은 몸에서 나는 체취도 굉장했고, 오물도 곳곳에 많았다. 조금이라도 편하게 몸을 뉘려고 화장실에 들어가 안에서 문을 잠가버리는 사람들이 많았다. 그 바람에 용변이 급한 사람은 열차 통로에서, 남들이 보는 앞에서 오줌도 누고 똥도 누었다. 남녀를 가리지 않았다.

거기에 배낭이나 자루 안에 든 된장 같은 음식에서 나는 냄새도 섞였다. 열차 승객들은 식량을 얻으러 멀리 있는 친척을 찾아가거나 먹을 것을 받아 자기 집으로 돌아가는 사람들이었다. 음식이 있는 사람들은 도둑맞지 않으려 눈에 불을 켜고 자기 짐을 지켰다. 칼로 배낭을 째고 몰래 내용물을 훔쳐가는 도둑이 많았다. 사람들은 자루를 안거나 깔고 앉았고, 일행이 있으면 번갈아 자며 짐을 지켰다.

소년과 아버지도 먹을거리를 얻을 수 있지 않을까 해서 개천으로 가는 길이었다. 기묘하게도 정치범수용소 안에서는 아직 시스템이 정상적으로 작동하는 듯했다. 밖에서는 사회 기반이 송두리째 붕괴하는 마당에 말이다. 자급자족에 가까운 폐쇄적 경제를 이루고 있었기 때문일까? 아니면 외부에서는 상상도 못할 지독한 강압적인 조치가 있었던 것일까? 폭력적인 방법으로 잉여 인구를 급감시키는 방향으로?

알 수 없었고 알 바도 아니었다. 중요한 것은 개천 정치범수용소에는 아마도 식량이 있으리라는 가능성, 그리고 고모부가 그곳의 고위 간부라는 사실이었다.

소년과 아버지는 며칠을 걸려 평안남도 순천시에 도착했다. 큰 도시였다. 거기서 통근열차를 타고 무진대청년탄광으로 갔다. 선로 옆으로는 대동강이 흘렀다. 대동강은 개천수용소의 한쪽 경계이기도 했다.

소년과 아버지는 거지꼴을 하고 개천수용소에 이르렀다. 입구에서 고모부의 이름을 대니 군인들이 '안내소'라는 곳으로 데려갔다. 개천수용소에서 일하는 군인들이 외부에 있는 친척과 만날 수 있게 한 면회시설이었는데, 식당이 있고 숙박시설도 있었다. 작은 여관 같은 느낌이었다. 그러나 그곳에서 수용소 내부를 관찰할 수는 없었고, 정치범들의 모습도 볼 수 없었다.

안내소에서 식사를 풍성하게 제공하는 바람에 소년과 아버지는 크게 놀라며 기뻐했다. 밥도 맛있었고 고기반찬까지 있었다. 소년은 여기서 앵두를 처음으로 먹어 보았다. 안내소에는 소년 부자처럼 직원의 친척들도 있었지만, 수용소에서 생산한 물자를 받으러 온 다른 부대의 군인들도 많았다. 개천수용소에서는 정치범들의 노동력으로 석탄, 된장과 군수용 기름, 여름과 겨울 군복, 장교용 가죽벨트, 군화를 만들었다.

고모와 고모부는 소년이 도착한 지 사흘 뒤에야 안내소로 나왔다. 그 사흘 동안 매일 세 끼 식사가 나와 소년은 한편으로는 기뻤지만, 한편으로는 집에서 기다리고 있을 어머니와 동생들이 걱정스러웠다.

고모 내외는 어차피 소년 부자가 다시 오기 힘들 것을 알기에 최대한 먹을 것을 많이 준비해 챙겨오느라 시간이 걸렸다고 했다. 고모와 고모부는 큰 배낭 네 개 가득 음식을 담아왔다. 쌀이 무려 10킬로그램이었고, 된장도 30킬로그램이나 있었다. 평범한 된장이 아니라 삶은 돼지고기를 안에 섞은 물건이었다. '육고기 된장'이라고 불렀다. 고모가 싸준 배낭에는 돼지고기볶음과 명태볶음, 콩기름까지 있었다. 고모부는 자신이 과거에 입었던 군복 한 벌과 장교복 상의 한 벌도 내주었다. 소년과 아버지는 너무 감격해 목이 멜 정도였다.

고모 부부는 소년과 아버지가 연신 감사하다고 머리를 숙이는 모습에 흡족해 하면서도 다소 놀라는 눈치였다. 소년과 아버지의 추레한 몰골에도 상당히 충격을 받은 분위기였다. 소년더러 왜 학교에 가지 않고 아버지를 따라 왔는지 묻기까지 했다.

그들은 외부 상황을 잘 모르고 있었다. 개천은 학포탄광보다 남쪽이고 해발고도가 낮아서 보리나 감자 수확이 그런대로 잘 되는 편이었다. 또 수용소를 지키는 군인들은 최우선으로 물자를 공급해야 하는 대상이었다.

고모 내외는 함경북도 상황을 오해하고 있었다. 흉년이 들어 식량이 일시적으로 부족한 정도라고. 학포탄광에서 사람들이 어떻게 굶어 죽어가고 있는지 이야기해주자 부부는 너무 놀라 말을 잇지 못했다. 비참하게 죽어간 친척과 이웃 얘기를 듣고 고모는 눈물을 펑펑 쏟았다.

분위기가 진정되자 소년은 고모부에게 궁금했던 것을 물었다.

"고모부, 여기 갇혀서 일하는 사람은 몇 명이나 됩니까?"

아버지의 얼굴이 굳어졌다. 고모부는 딱딱하게 대꾸했다.

"그런 건 물어보는 게 아니다, 성호야."

나중에 아버지는 소년에게 "그런 내용을 밖에 누설했다간 고모부 자신이 정치범수용소에 죄수로 끌려가게 된다"고 주의를 주었다.

고모부는 소년과 아버지를 순천역까지 자동차로 태워다 주었다. 별 의미 없는 물건이지만 열차표도 끊어주었다.

"곧 나아질 거다. 근심할 거 없다. 당을 믿고 따르면 된다."

고모부는 헤어지며 그렇게 말했다.

소년과 아버지는 생명줄 같은 배낭 네 개를 들고 학포탄광으로 향했다. 기차는 이번에도 사람이 가득했다. 아버지와 아들 중 한 사람이 객차 안에서 짐을 지키는 동안 다른 사람이 열차 지붕에 올라 몸을 누이고 쉬었다.

열차 위로는 고압 전류가 흐르는 전기선이 있었다. 가끔 거기서 불꽃이 튀었다. 잘못 몸을 일으키면 감전돼 죽을 수도 있었다. 옆으로 굴러 떨어져 죽을 수도 있었다. 지붕 위에 누운 사람들은 못 먹어 가벼울 대로 가벼워진 몸을 바닥에 꼭 붙이려 애썼다.

회령시까지 오는 데 사흘이 넘게 걸렸다.

회령역에 도착하자 아는 얼굴들이 보였다. 회령시에서 석탄을 팔고 집으로 돌아가기 위해 기차를 기다리고 있던 학포 탄광 사람들이었다. 다들 꼴이 말이 아니었다. 길게 기다린 사람은 역 근처에서 노숙을 하며 열차를 며칠이나 기다렸다고 했다.

열차가 한동안 움직일 기미가 없었으므로 소년과 아버지는 기차에서 내려 혹시 어머니가 회령역에 왔는지 찾아다녔다.

"우리 집사람 여기 안 왔소? 혹시 못 봤소?"

"선생님, 우리 어머니 어디 있는지 아십니까?"

어머니가 회령시에 와서 석탄을 팔러 돌아다녔다는 이야

기까지는 들었는데, 어디에 있는지 아는 사람이 없었다. 소년은 초조하게 주변을 헤매다 역에서 조금 떨어진 나무 아래 있는 어머니를 발견했다. 어머니는 땀과 석탄가루가 범벅이 되어 부랑자 같은 모습이었다. 얼굴만 간신히 씻은 듯했다. 굶어서 기력이 없는지 빈 석탄 자루를 한 손에 쥐고 멍하니 앉아 있었다.

"어머니!"

어머니는 너무 놀라 입도 제대로 열지 못하더니 갑자기 울음을 터뜨렸다. 그러고는 횡설수설하기 시작했다.

"큰일 났다. 애들 다 굶어 죽는다. 걔들…… . 옥란이랑 철호랑 집에 있는데 내가 사흘째 집에 못 갔다."

어머니는 석탄을 팔기 위해 이틀 전 여동생과 막냇동생을 집에 놔두고 혼자 회령 시내로 왔다고 했다. 석탄 한 봉지를 팔아 손에 쥔 것은 고작 옥수수가루 700그램이었다. 그걸 들고 집으로 돌아가야 하는데 기차가 오지 않았던 것이다. 집에는 먹을 것이 하나도 없다고 했다. 어머니 본인도 옥수수가루를 손에 들고 그렇게 이틀간 나무그늘에서 굶은 상태였다.

"걸어가도 하루면 갔을 텐데, 곰처럼 미련하게 여기서 기차를 타겠다고…… ."

어머니는 가슴을 쥐어뜯으며 자책했다.

아버지는 배낭을 풀어 어머니에게 음식을 먹였다. 볶은 명
태와 돼지고기, 그리고 쌀밥이었다. 근처에 있던 사람들이
눈을 커다랗게 뜨고 그 광경을 뚫어지게 쳐다봤다. 넋 나간
표정으로 음식을 보는 사람들 중에는 아는 얼굴도 있었다.
소년과 아버지는 그 얼굴들을 애써 외면했다.

소년과 아버지는 어머니를 부축해 기차에 태웠다. 점심께
회령역에 도착한 열차는 오후 네 시경에야 출발했다.

회령역에서 학포탄광을 가려면 열차 본선으로 네 정거장
을 가서 신학포역이라는 곳에서 지선으로 갈아탄 뒤 다시 두
정거장을 가야 했다. 학포탄광 마을 안에 세천역이라는 이름
의 지선 기차역이 있었다.

신학포역에서 내렸을 때 아버지와 어머니는 지선 열차를
그곳에서 기다리고 소년은 달려서 학포탄광으로 가기로 했
다. 며칠 사이에 부쩍 어른스러워진 소년은 배낭에서 옥수수
가루와 쌀, 된장을 2킬로그램 정도만 남기고 다른 짐은 모두
꺼냈다.

소년이 그 길을 실제로 걸어서 가보는 것은 처음이었다.
중간에 긴 터널이 있었기 때문이다. 열차를 위해 만든 터널

이고, 보행자를 위한 길이나 조명 따위는 없었다. 손전등도 없었다. 앞을 집중해서 보면 터널 출구가 멀리서 바늘구멍처럼 작게 한 점으로 나타날 뿐이었다. 물방울 떨어지는 소리가 곳곳에서 났다. 이상하게 방향감각을 앗아가는 소리였다.

내내 달려서인지, 두려워서인지 심장이 미친 듯이 뛰었다. 그러나 칠흑 같은 어둠보다 무서운 것은 동생들이 굶어 죽었을지도 모른다는 상상이었다. 소년은 몇 번이나 침목에 발이 걸려 넘어지면서도 계속 뛰었다.

신학포역에서 학포탄광은 어른 걸음걸이로 두 시간 이상 거리만큼 떨어져 있었지만, 소년은 그 길을 40분 남짓 만에 달렸다. 온몸에서 땀이 흘렀다.

집에 도착해 문을 두드리니 아무 기척도 나지 않았다. 문은 잠겨 있었다. 창문을 봐도 안에 사람이 있는 것 같지 않았다. 문과 창문을 번갈아 두드리며 동생들의 이름을 불렀다. 창문을 부수고 안에 들어가려는 찰나 여동생이 기어 나와 문을 열어주었다.

두 동생은 못 먹어서 몸이 퉁퉁 부어 있었다. 정말 위험한 상황이었다. 그때는 이미 수도도 끊겨 있었다. 소년은 밖에 나가 물을 길어 와서 옥수수가루를 그 물에 풀어 동생들에게 먹였다. 그리고 밥을 짓고 된장국을 끓였다. 부모님은 저녁에야 기차를 타고 집에 왔다. 어쩌면, 소년이 그렇게 달려오지 않았더라면, 동생들은 그사이에 회복할 수 없는 상태가 되어버렸을지도 몰랐다.

밥을 먹고 정신을 차린 동생들은 그 사이에 있었던 일을 이야기했다. 너무 배가 고파서 집 밖에 있는 풀을 날것 그대로 뜯어먹었다고 했다. 그랬더니 목이 화끈거리고 토가 나왔고, 이후에는 힘이 없어 그저 방 안에 누워 있었다는 것이었다. 소년이 문과 창문을 두드리며 자기들 이름을 부르는 걸 들었는데도, 몸을 일으킬 수가 없어서 한참 동안 그저 듣고만 있었다고 했다.

개천수용소에 다녀오고 몇 달 뒤, 소년의 가족은 마을 외곽으로 집을 옮겼다. 원래 살던 집에서는 삼십 분에서 사십 분 정도 걸어가야 하는 곳이었다. 아버지가 동네를 돌아다니며 빈집을 찾고 그곳을 택했다.

새집은 바로 근처에 우물이 있어 오 분이면 물을 길어올 수 있었다. 오염된 물을 마셨다가 장염이라도 걸리면 버틸 체력들이 없었으므로, 깨끗한 물은 극도로 중요했다.

새로 이사한 집은 산도 가까워 땔감을 구해오기도 편했다. 다만 텃밭이 거의 없어서 채소를 심어 먹기 어렵다는 점은 단점이었다.

집이 크지는 않았다. 부엌이 하나, 방이 하나 있었는데 소년의 가족은 그 방에서 모두 함께 모여 잤다. 방에는 한쪽 벽에 붙박이 옷장처럼 문이 달린 작은 창고가 있었다. 창고에는 서툰 솜씨로 만든 판자문이 달려 있었다.

그런데 한참 잠을 자고 있으면 꼭 자정쯤에 그 문이 쾅 소리를 내며 활짝 열렸다. 문 뒤의 캄캄한 어둠은 마치 그리 들어오라고 속삭이는 듯했다. 그 어둠의 존재감을 견딜 수가 없어 제일 어린 막냇동생이 엉금엉금 방바닥을 기어가 문을 닫곤 했다. 문 너머를 쳐다보지 않고 닫기 위해 뒤를 돌아앉은 채 엉덩이로 닫았다. 아이들은 "이 집 뭔가 이상하다"며 수군거렸다. 부모님은 허튼소리라고 일축했지만 실은 그들도 겁을 먹은 것 같았다.

아이들은 밤에 악몽을 꾸었다. 암시에 빠지기 쉬운 나이라 그랬는지 모르지만, 세 남매가 꾸는 꿈의 내용이 똑같았다. 머리가 흰 할머니가 흰옷을 입고 무어라 중얼거리는 꿈이었다. 날이 갈수록 악몽은 점점 더 뚜렷해지고 자세해졌다. 꿈

속에서 할머니 옆에는 비석이 있었다. 할머니가 중얼거리는 말은 "여기에 뭐가 깔려 있다"는 것이었다. 더 귀 기울여 들어보니 "이 집 아래 해골이 있다"는 말이었다.

뒤늦게 그 집에 얽힌 사연을 듣게 되었다. 그곳에는 노부부와 두 아들이 살았다고 했다. 기근이 닥치자 두 아들은 집을 나가 행방불명자가 되었고, 노부부만 남았다. 그들은 너무 배가 고파 몸에 낀 이도 잡아먹었다고 한다. 마지막에는 자기들이 본 대변을 다시 끓여 먹고 죽었다고 했다.

소년은 사연을 듣고 나니 오히려 무서움이 가시는 느낌이었다. 두 사람이 죽었는데 왜 할머니만 꿈에 나오나 하는 생각을 조금 했다. 집 아래 해골이 있다는 게 뭐 어쨌다는 것인지, 그 말을 왜 그렇게 필사적으로 전하려 하는지 알 수 없다는 생각도. 그리고 '우리는 흩어지지 않고 반드시 다 함께 살아 남는다'고 다짐했다.

소년의 가족은 집을 옮기지 않았다. 그곳에서 얼마 전 사람들이 죽었다는 이야기에 놀라기에는 이미 죽음은 너무 일상적이고, 가까웠다.

기근 초기에는 마을에서 사람이 굶어 죽으면 탄광에서 관을 만들어 주었다. 탄광 안에 목공소가 있었고, 거기서 규격에 맞쳐 관을 짰다. 그러면 유족들이 그 관을 받아갔다. 그러나 시간이 지나자 그런 일도 중단됐다. 죽는 사람이 너무 많아 도저히 그 수만큼 관을 만들 수가 없었다.

나중에는 유족들이 그냥 널빤지를 한 장 구해 그 위에 헝겊으로 대충 싼 시신을 올리고 미리 봐 놓은 곳으로 끌고 가 그대로 묻었다. 그걸 '직파'라고 불렀다. 원래는 옥수수를 심는 데 쓰는 말이다.

옥수수를 심는 데에는 두 가지 방법이 있다. 첫째, 영양단지. 옥수수 씨앗을 영양이 좋은 흙덩어리에 먼저 심고 싹을 틔우면 그때 흙덩어리와 함께 땅에 묻는 방법이다. 논에 모를 심는 것과 같은 개념이다. 두 번째 방법이 직파(直播)다. 밭에 바로 옥수수 씨앗을 뿌리고 알아서 싹이 트도록 내버려두는 것이다. 그러니까 학포탄광에서 그즈음에 유행한 '직파'라는 단어는, 사람 시신을 옥수수 씨앗 뿌리듯 땅에 격식 없이 묻었다는 자조와 냉소가 담긴 말이었다.

그렇게 제대로 매장되지 못한 망자들이 다 귀신이 된다면 학포탄광은 귀신들의 마을이 될 것이었다. 죄 없이 고통받으며 죽은 사람들이 모두 제 사연을 남의 꿈에서 떠들어댄다면 시끄러워서 아무도 잠을 이루지 못할 것이었다.

이제 그만하시오. 우리 꿈에 나오지도 마시오.

어느 밤 창고 문이 쾅 소리를 내며 열렸을 때, 소년은 그 뒤편 어둠을 똑바로 바라보며 속으로 그렇게 중얼거렸다.

그들은 틈틈이 산에 올랐다. 약초를 캐서 팔면 밀가루와 쌀을 살 수 있었다. 겨울 산에서 약초 찾기는 상당히 어려웠다. 그래도 한 가닥 희망을 품고 소년의 가족처럼 약초를 캐러 올라온 사람들이 많았다. 깊은 산 속에서도 산짐승보다 사람을 만날 확률이 더 높을 정도였다.

소년은 여동생을 데리고 산을 넘어 빈 밭을 다녔다. 운이 좋으면 밭에 떨어진 이삭이나 콩깍지를 주워 먹을 수 있었다. 그런 것들을 먹기 위해 산길을 두 시간이나 걷기도 했다.

북쪽에는 겨울이 일찍 온다. 눈이 내려 땅에 쌓이면 여동생은 걷기 힘들어했다. 여동생은 바닥이 다 찢어진 신발을 양말에 천으로 묶어 다니고 있었다. 소년은 동생을 업고 눈길을 걸었다. 눈을 맞으며, 나무에 핀 눈꽃을 보며, 눈 덮인 산길을 사박사박 걸었다. 소년은 등에 업힌 여동생에게 노래를 불러주었다.

인생의 길에 상봉과 리별 그 얼마나 많으랴.

헤여진대도 헤여진대도 심장 속에 남는 이 있네.

씩씩하고도 구슬픈 노래가 흰 눈 쌓인 산에 울려 퍼졌다.

11월에 막냇삼촌이 그들을 찾아 왔다. 그는 처자식과 헤어져 혼자 이곳저곳을 다니며 빌어먹고 있었다.

거지꼴을 하고 나타난 막냇삼촌의 입에서는 믿을 수 없는 이야기가 흘러나왔다. 자신이 산 깊은 곳에 갔다가 몇몇 사람들이 살던 작은 군락을 발견했다고 했다. 거기 살던 사람들은 농사를 짓다가 잘 되지 않자 가을이 오기 전에 포기하고 산 아래로 내려간 것 같다고 했다. 그런데 그곳에서 농사가 전혀 안 된 것은 아니라서, 어느 정도 작물이 자랐고 자신이 그걸 수습해 토굴에 숨겨놨다는 이야기였다. 혼자 숨어서 먹을까 하다가 형과 조카들이 생각나 이곳까지 찾아왔다고 했다.

소년의 가족은 삼촌에게 고맙다는 말을 연신 하며, 모두 삼촌을 따라 산으로 향했다. 막냇동생까지 자루를 들었다. 제대로 된 곡물을 먹을 수 있다는 기대감에 마음이 마냥 부풀어 올랐다.

산자락을 조금 탔을 때 막냇삼촌이 용변이 마렵다며 잠시만 자기를 기다려 달라고 했다. 막냇삼촌은 산 아래로 사라졌다.

소년의 가족은 산길에서 오들오들 떨며 삼촌을 기다렸다. 소년은 몸에 열이 나도록 제자리에서 뛰었다. 동생들은 발이 얼지 않게 열심히 발가락을 꼼지락거렸다.

한 시간이 지나도 삼촌은 오지 않았다. 그때서야 아버지가 말했다.

"우리, 사기당했다."

소년은 눈앞이 캄캄해져서 집으로 달려갔다. 소년의 집에 있던 몇 안 되는 귀중품은 이미 모두 사라져 있었다. 고모부가 준 군복도 없었다. 회령에 가서 팔려고 모아놓은 약초도 없었다. 어머니가 아버지로부터 선물 받아 간직하고 있던 스카프도 없었다. 버리지 않고 갖고 있었던 흑백 TV의 부품도 없었다. 때가 되면 팔 수 있지 않을까 해서 보관하던 물건이었다. 삼촌은 그것마저 가져가버린 것이었다.

어머니는 삼촌을 욕하고 저주했다. 아버지는 말을 아꼈다. 동생들은 어두워진 부모님의 얼굴에 울음을 터뜨렸다.

소년은 입술을 깨물었다. 왜 그렇게 얕은 수에 당했던가, 왜 삼촌을 의심할 생각을 못 했나 자책했다. 소년은 다시는 이렇게 어이 없이 가족이 당하게 하지 않으리라 다짐했다.

그들은 그렇게 1995년 겨울을 버렸다.

5.
비명을 지르는 밤

학포탄광 운영은 진즉에 멈췄지만, 회령 정치범수용소 안에 있는 탄광에서는 여전히 석탄이 났다. 전력 사정이 좋을 때에는 석탄을 실어 나르는 화물열차가 회령수용소에 하루에 두 번씩 들어갔다 나왔다. 60톤짜리 화물차가 10량씩 편성된 기차가 하루에 두 번 운행했으니 회령수용소의 하루 석탄 생산량은 1200톤이라고 추리할 수 있었다.

1996년에는 열차 운행 간격이 들쭉날쭉해졌다. 그러나 이것은 외부 전력 사정의 문제였지 수용소의 생산능력과는 상관없는 일이었다. 일단 열차가 회령수용소 안으로 들어가기만 하면 나올 때에는 늘 석탄을 가득 싣고 나왔다. 정치범수용소에 있는 죄수들은 하루에 석탄 2톤을 캐지 못하면 굴 밖으로 내보내지 않는다는 소문이 있었다.

신학포역에서 세천역까지 이어진 열차 지선은 회령수용소 안으로 들어간다. 회령수용소 안에 있는 기차역의 이름은 중봉역이라고 했다. 학포탄광이 폐갱이 된 뒤로 화물열차가 세천역에서 실을 석탄도 내릴 화물도 없었다. 그런데도 회령수용소를 오가는 화물열차는 반드시 세천역에 섰다.

회령수용소는 천혜의 요새여서, 안으로 들어가려면 가파른 산비탈을 넘어야 했다. 그래서 일반 기관차가 아닌 특수 기관차가 화물차를 끌고 갔다. 그 기관차 교체 작업을 세천역에서 했다. 기관차를 교체할 때 차장과 승무원도 교대했다. 외부인이 수용소 안으로 들어가면 안 되기 때문이었다.

이렇게 화물열차가 세천역에 정차할 때 학포탄광 사람들이 거기에 올라탔다. 그리고 열차 위에서 훔친 석탄을 회령시에 사는 사람들에게 팔았다. 이런 일을 1995년에 몇몇 사람들이 처음 시도했다. 불과 수개월 사이에 절도 요령이 늘고 기술이 전파되었다. 거기에 생계가 달려 있었으므로.

우습게도 그 일을 처음 소년의 가족에게 가르쳐준 사람은 물건을 훔치러 온 막냇삼촌이었다.

"맨 앞에 기관차가 있지. 여기에 지도기관사, 기관사, 조수, 이렇게 세 명이 탄다고. 맨 뒤에는 호송차량이야. 여기에는 여섯 사람이 타는데 그중 세 사람이 군인이야. 그 세 사람만 조심하면 돼. 그중에 한 명은 장교고, 둘은 사병인데 사병들은 호송차량에만 있지 않고 열차 위를 돌아다녀. 이 녀석들이 총과 실탄을 갖고 있어. 석탄 도둑한테는 그냥 총을 갈겨도 되거든. 진짜로 막 총을 쏜다니까. 개머리판으로 사람을 때릴 때에도 뼈가 부서지도록 엄청 세게 때려."

마을 사람들은 회령수용소 안으로 들어간 화물열차가 낮에 나오지 못해 밤에 세천역에 들어올 때를 노렸다.

초기에 사람들은 배낭을 지고 열차에 올라타서 그 배낭에 석탄을 담은 뒤 회령역에 도착하기 전에 열차에서 뛰어내리는 수법을 썼다. 소년의 가족도 그 방식으로 석탄 절도를 시작했다.

화물차에는 석탄과 잡석이 섞여 실려 있었다. 밤이라 초짜 도둑들은 그걸 구별할 수가 없었다. 첫 열차강도를 마친 소년과 아버지가 배낭을 열어보니 쓸모없는 잡석이 대부분이었다.

몇 번 도둑질을 하다 보니 불빛이 없어도 손에 닿는 촉감으로 석탄과 잡석을 구분할 수 있게 되었다. 장갑이 없기도 했지만 석탄을 골라 담기 위해서도 한겨울에도 맨손으로 작업했다. 차차 절도에 익숙해지자 화물차에 실린 석탄이 두 종류라는 사실도 알게 됐다. 회령수용소에는 큰 갱이 최소한 두 곳 이상 있는 듯했다.

봄이 되자 온 마을 사람들이 석탄을 고르고 훔치는 전문가가 됐다. 도둑질 수법도 점점 대담해졌다. 사람들은 이제 배낭을 사용하지 않았다. 2인 1조, 또는 3인 1조로 열차에 올라 석탄 150~200킬로그램을 한꺼번에 훔치는 방법을 썼다. 회령 시내에 살고 있는 사람들과 공모하기도 했다.

그렇게 할 수밖에 없는 것이, 열차가 밤에 출발하는 날이 많지 않았기 때문이다. 열흘이 지나도록 그런 기회가 없을 때도 있었다.

배낭 하나에 가득 든 석탄을 팔아봤자 옥수수가루를 1킬로그램 정도밖에 구하지 못하는데, 그걸로는 한 가족이 며칠 버티지 못한다. 석탄을 100킬로그램은 넘게 훔쳐야 옥수수가루를 작게는 2킬로그램부터 많게는 7킬로그램까지 살 수 있었다.

여러 가지 의미로 목숨이 걸린 일이었다.

2인조나 3인조로 석탄을 훔치는 방식은 이랬다.

먼저 회령역 근처에 사는 사람을 섭외한다. 새벽에 아무 때라도 그의 집을 찾아가 손수레를 빌릴 수 있도록 한다.

손수레가 확보되면 학포탄광에서 커다란 자루를 여러 개들고 기차에 올라탄다. 열차 위에서 자루에 석탄을 퍼 담는다. 회령역에 도착하기 전에 적당한 곳에서 석탄이 담긴 자루를 밖으로 던진다. 그리고 한 사람이 달리는 기차에서 뛰어내려 그 자루가 있는 곳으로 간다. 그리고 동료가 올 때까지 자루를 지킨다.

다른 사람들은 회령역에서 내려 손수레를 빌린다. 회령역 플랫폼에도 보안원들이 우글거리고 있으므로, 기차가 완전히 서기 전에 선로로 뛰어내려 도망쳐야 한다. 그리고 미리 얘기해 둔 집에 가서 손수레를 빌린다. 이 손수레를 끌고 조금 전에 던진 자루가 있는 곳으로 간다. 그 손수레에 싣고 회령 시내로 가서 훔친 석탄을 판다. 일을 마치면 손수레 주인에게도 한 양동이 분량만큼 석탄을 줘야 한다.

대개 한 가족이 한 팀을 이뤘다. 소년의 집에서는 아버지, 어머니, 그리고 소년이 3인조로 작업했다.

군인과 보안원들도 그런 석탄 도둑질이 기승을 부리고 있다는 사실을 물론 잘 알았다. 그들은 혈안이 되어 석탄 도둑을 잡으려 했다.

밤에 화물열차가 학포탄광에 들어서면 마을 사람들은 숨을 죽인 채 그 주변에 접근해 기차 출발 시각만을 기다렸다. 전쟁의 명운이 걸린 군사작전을 앞둔 특수부대나 다름없는 분위기였다. 대담한 사람들은 열차 바퀴 아래로 들어가 있기도 했다. 다른 사람들은 주변 풀숲에 몸을 숨기고 있다가 기차가 움직이기 시작하면 전력으로 쫓아가 달리는 열차에 매달리는 방법을 썼다.

기차에 올라타자마자 위로 기어올라 자루에 석탄을 담기 시작한다. 잡석과 석탄을 구분하는 손은 추위로 꽁꽁 얼어붙어 잘 움직이지도 않는다. 동상에 걸려 피부에서 감각이라고는 온통 사라진 것 같은데도, 손가락 끝에 닿는 돌이 석탄인지 아닌지는 기가 막히게 구분할 수 있다.

그렇게 한참 석탄을 퍼 담다가 회령역이 가까워오면 열차 가장자리로 가서 자루를 던질 장소를 물색한다.

전봇대들이 아찔한 바람소리를 내며 얼굴 앞을 빠르게 지나쳐 간다.

한 팀이 석탄 자루를 던진다. 다른 팀들도 자루를 던진다. 석탄 자루들이 땅에 떨어져 나는 둔탁한 소리가 들린다. 어떤 자루들은 바닥으로 한동안 굴러가는 것 같다. 자루를 제대로 묶지 않아 석탄 덩어리들이 쏟아지는 소리들도 들린다.

이제 각 팀의 리더들이 달리는 열차에서 뛰어내릴 차례다. 대부분 남자들이다. 빼빼 마른 사내들이 화물차 옆으로 매달려 조심스럽게 한쪽 다리를 바깥쪽으로 뻗는다. 발바닥을 조심스럽게 지면까지 내려본다. 땅바닥에 발이 닿을 때 얼마나 반동이 심한가로 뛰어내릴 때인지 아닌지 감을 잡을 수 있다.

최대한 다리에 힘을 주고 먼 곳을 향해 도약한다. 자칫 잘못하면 몸이 뒤집혀 곤두박질친다. 선로 가까운 곳에 떨어지면 실수를 깨닫기도 전에 몸이 이미 열차 아래로 빨려 들어가 있을 것이다.

달리는 열차의 속도가 그대로 몸에 실려 있다. 머리부터 떨어지는 것이 최악이다. 엉겁결에 한 다리나 손으로 체중을 지탱하려 했다간 뼈가 부러진다. 충격을 최대한 분산시켜야 한다. 앞구르기를 하는 게 좋다.

그렇게 땅을 구르다 몸이 멈추면 벌떡 일어나 자루를 던진 곳으로 달려가야 한다. 임자 없는 자루의 내용물은 다른 사람들에게 다시 도둑맞는다. 남들보다 먼저 자루를 던진 곳에 도착한 사람이 그 짧은 틈에 다른 자루에 든 석탄에 손을 대기도 한다. 평범하게 생긴 석탄 자루를 놓고 서로 내 것이네 네 것이네 하고 실랑이를 벌이는 광경도 종종 벌어진다. 석탄 자루의 내용물이 떨어져 섞여 있을 때에는 아주 골치가 아프다.

1996년 3월 7일, 며칠 만에 학포탄광에 화물열차가 밤 시간에 들어왔다.

소년이 아버지, 어머니와 함께 자루를 챙겨 기차역으로 나갈 채비를 하고 있을 때 학포탄광의 작업반장과 조수가 집에 찾아왔다. 주물팀에 일이 생겼다고 했다. 그들은 신발을 신은 채로 방에 들어와 아버지를 끌고 갔다.

"외상으로 두부라도 사 먹어. 꼭."

아버지는 집을 나가며 어머니와 소년에게 그렇게 말했다. 외상으로 두부를 줄 사람이 있을 리 없었다. 그러나 아버지는 그 순간 아내와 아들에게 줄 수 있는 것이 그 말밖에 없었다.

소년과 어머니는 여동생을 데리고 나가기로 했다. 여동생은 석탄을 훔치기 위해 화물차에 올라타는 게 그날이 처음이었다. 열차에서 뛰어내리는 것은 자신이 하겠다고 소년이 나섰다. 어머니를 뛰어내리게 할 수는 없었다. 소년은 열네 살, 여동생은 열두 살이었다.

그날은 기관차 상태가 좋지 않는지, 열차는 열 량이 아니라 다섯 량만 있었다. 군인들이 기관차에서 손전등을 이리저리 비췄다. 소년의 가족은 선로에서 수십 미터 떨어진 곳에서 숨을 죽이며 열차가 출발하기를 기다렸다.

여동생이 이를 딱딱 부딪치는 소리가 들렸다. 소년 역시 떨고 있었다. 겁을 먹어서가 아니라 추워서였다. 기온이 영하 10도쯤 됐다.

열차가 출발했고 그들은 달렸다.

어머니가 먼저 기차에 올랐다. 다행히 여동생도 큰 어려움 없이 기차에 몸을 실었다. 소년은 어머니와 여동생이 기차에 오른 것을 확인한 뒤 잽싸게 몸을 날렸다.

그들은 화물칸 위로 올라갔다. 집에서 들고 온 자루는 모두 네 자루였다. 소년과 어머니, 여동생은 말없이 자루에 석탄을 담는 작업에 몰두했다. 여동생은 어머니와 오빠를 흉내내며 서툴게 석탄을 주워들었다.

숨을 쉴 때마다 찬 공기와 석탄가루가 입으로, 코로 빨려 들어갔다. 얼굴은 마비된 지 오래였고, 입 주변은 얼어서 말을 하기도 힘들었다. 입김이 성에가 되어 목 주변에 앉았다. 석탄에도 얼음이 끼어 있었다. 얼음조차 검은색이었다.

주변에서는 사람들이 모두 악귀처럼 정신없이 자기 자루에 석탄을 퍼 담고 있었다. 핏발이 선 눈과 누런 이를 제외하면 그저 검기만 한 몸뚱이들. 머리끝에서부터 발끝까지 온통 석탄가루를 뒤집어 쓴 모습들. 사람이 아니라 그림자들이 움직이는 것 같았다.

머리 위에 있는 고압선에서 불꽃이 터졌다. 여동생이 깜짝 놀라 몸을 움츠렸다. 열차가 휘어진 선로를 따라 급커브를 돌자 찢어지는 듯한 굉음이 났다. 아래에서 연기와 함께 살짝 단맛이 섞인 듯한 탄 냄새가 올라왔다. 불길한 냄새였다.

두만강이 보였다. 살을 에는 것 같은 강바람이 얼굴을 때렸다. 그런데도 겨드랑이와 등에서는 땀이 흘렀다. 추위와 공포에 압도된 상태에서 반복적인 일을 하다 보니 머릿속이 텅빈 것처럼 멍했다.

회령역이 가까워졌다. 소년은 화물칸 아래로 내려갔다. 이제부터 가장 중요한 역할을 수행해야 한다는 부담감에 가슴이 떨렸다. 소년은 무서웠고, 의식도 가물가물했다. 제대로 먹지 못한 터에 잠이 모자란 상태에서 새벽에 고되게 일을 하고 나니 똑바로 서 있기도 힘들었다. 다리가 휘청거렸다.

소년은 이날 끝내 기차에서 뛰어내리지 못했다.

빈혈 때문에 몸을 가누지 못했던 것이다.

소년은 열차에서 뛰어내리기 직전 전봇대에 부딪혔다.

정신을 잃었던 것은 아주 잠깐이었다.

눈을 떴을 때에는 아직도 열차가 다 지나가지 않은 상태였다. 기차의 뒷모습이 거짓말처럼 평화롭게 멀어졌다.

소년의 왼쪽 다리의 무릎과 발목 사이가 잘려져 있었다. 피는 잘린 부위에서 계속 흘러나오는 게 아니라, 숨을 쉴 때마다 물총을 쏘듯이 간헐적으로 뿜어져 나왔다. 뜨거운 피가 땅에 떨어질 때마다 그 부위의 땅이 푹푹 꺼졌다. 몇 달 동안 쌓여 있던 눈이 핏물에 녹았기 때문이다.

절단 부위는 정육점에서 칼로 썬 고기와 달리 너덜너덜했다. 바퀴가 다리를 잘랐다기보다는 잡아 뜯었다는 표현이 더 정확했다. 허벅지 뒤쪽의 살가죽은 여전히 다리에 붙어 있는 상태였고, 허연 다리뼈도 툭 튀어나와 있었다. 그 아래로 살

덩어리들이 핏물 속에 떨어져 있었다. 핏물 위로 석탄가루가 떠다녔다.

허벅지 뒤쪽의 피부는 대롱대롱 매달려 있는 반면, 허벅지 옆과 앞의 피부는 위로 말려서 올라오고 있었다. 아래에서 부터 잡아당기는 힘이 없어서였을까? 누군가가 투명한 칼로 살가죽을 벗겨내는 것 같기도 했고, 그 피부들이 마치 소년 과는 다른 별도의 생명체인 것 같기도 했다.

소년은 뿜어져 나오는 피를 막으려고 손을 뻗었다가 왼손 역시 정상이 아님을 깨달았다. 넷째와 새끼손가락은 이미 잘려 없었고, 중지는 덜렁거렸다. 소년은 손가락뼈가 너무 가늘고 희어서 그 순간에도 참 이상하다고 여겼다. '손가락뼈 라는 게 성냥개비 두께도 안 되는구나'라고 생각했다.

그다지 아프지는 않았다.

대신 엄청나게 춥고 어지러웠다. 숨이 가빠지면서 머릿속 이 핑핑 돌며 어린 시절 기억들이 갑자기 쏟아졌다. 죽음이 닥쳐오면 한평생 겪은 일들이 영화처럼 떠오른다는 말은 거 짓이 아니었다.

그 순간 배 깊숙한 곳에서 '살아야 한다'는 생각이 치밀어 올랐다. 소년은 그 생각을 입 밖으로 토해냈다.

"사람 살려!"

열차에서 뛰어내린 학포탄광 사람들이 그가 있는 쪽으로 달려오는 소리가 들렸다. 소년은 당연히 그들이 자신을 구해 줄 거라고 믿었다. 눈을 밟는 발걸음 소리가 가까워졌을 때 소년은 부축을 받기 위해 몸을 일으킬 준비를 했다.

그러나 가장 먼저 달려온 사람은 소년의 몸을 뛰어넘어 가던 방향으로 계속 갔다.

그다음에 온 사람도 마찬가지였다.

마을 사람들은 소년을 보고, 소년의 비명을 듣고, 소년의 피를 밟고, 소년의 몸을 뛰어넘었다. 아무도 다친 소년을 도와주지 않았다. 잠시 지체하는 사람조차 없었다. 그들은 손과 다리가 잘려 피를 흘리는 어린아이를 버리고 자신들의 석탄 자루를 향해 어둠 속으로 사라졌다. 피 묻은 발자국만 눈 위에 남았다.

소년은 그들을 증오했다.

그들은 굶주린 자식을 둔 아버지들이었다. 밤에 출발하는 화물열차는 일주일에 단 한 번 오는 기회였다. 그 기회를 놓치면 식구가 굶을 수밖에 없었다. 아마 대부분은 그때쯤 이미 어린 자식 한두 명이 피골이 상접한 채로 말라 죽어가는 모습을 울면서 지켜본 경험이 있었을 것이다.

마을 사람들이 떠나고 난 뒤 소년은 가족을 향해 비명을 질렀다.

"어머니, 살려주세요!"

"옥란아, 살려줘!"

새벽 세 시였다. 단말마의 울부짖음이 어둡고 조용한 밤을 찢듯이 울려 퍼졌다. 내가 이렇게 크게 고함을 칠 수 있나, 하고 스스로도 놀랄 정도로 큰소리였다. 소년의 비명이 먼 곳에 있는 산에 부딪혀 메아리쳤다. 잠시 뒤에 개들이 잠에서 깨어나 날카롭게 짖는 소리가 들렸다.

그 비명소리를 듣고 마침내 사람들이 하나둘 소년 곁으로 모여들기 시작했다. 학포탄광 사람들이 아니었다. 한밤중에 역에 나와 기차를 기다리고 있던 회령 시내 사람들이었다. 누군가가 자기 배낭끈을 풀어 소년의 다리와 손을 각각 묶어주었다. 출혈이 조금 멈췄다.

그때 소년 주변을 둘러싼 사람들의 벽을 뚫고 여동생이 나타났다. 여동생은 회령역에서 어머니를 잃고 헤매는 중이었다. 어머니는 급한 마음에 여동생을 제대로 챙기지 못하고 손수레가 있는 지인의 집으로 달려가버렸다. 여동생은 낯선 기차역에서 "오빠, 오빠"라고 부르며 철길을 거슬러 오고 있었다. 여동생은 웅성거리는 사람들 속에서 나는 신음소리가 어쩐지 귀에 익은 듯해서 그리 갔다가 피투성이가 된 오빠의 몸을 보았다.

소년은 더 이상 고함을 치지 못했다. 그는 자신이 죽어가고 있음을 느꼈다. 출혈로 수분을 잃어서인지, 찬 공기 때문에 기도가 말라서인지, 타는 듯이 목이 말랐다. 의식이 점점 꺼졌다.

여동생이 자기가 입고 있던 해진 솜옷과 목도리를 벗어 소년에게 덮어주었다.

"오빠, 죽지 마, 죽으면 안 돼."

여동생은 반쯤은 주문 같고 반쯤은 기도 같은 말을 되풀이했다. 여동생은 주변에 있던 낯선 어른들의 손을 잡으며 "우리 오빠 좀 살려주세요"라고 매달렸다.

잠시 뒤 철도 관계자들이 대형 손수레를 가지고 와서 소년을 실었다. 잘려진 다리도 그 수레에 실었다. 그러나 접합이 가능하지 않다는 것은 누구나 다 알았다.

소년의 몸은 덜컹거리는 수레에 실려 병원으로 향했다. 여동생은 공포와 슬픔으로 넋이 나간 상태에서 울면서 손수레를 따라 걸었다.

어머니는 병원 앞에서 소년을 발견했다. 손수레를 빌린 집이 병원 근처에 있었다. 어머니는 빌린 손수레를 끌고 철길 쪽으로 뛰어가는 중이었다. 그러다 딸의 울음소리를 들은 것이었다.

"성호니? 혹시 성호니?"

어머니를 본 여동생이 한층 더 큰소리로 울음을 터뜨렸다. 어머니를 찾았다는 안도감에 오히려 감정이 더 격해졌던 것이다.

모녀의 대화는 기괴했다. 어머니는 흐느끼면서 이게 어떻게 된 영문이냐고 물었고, 여동생은 오빠가 사고를 당한 정황을 설명하려 했으나 너무 맹렬하게 우느라 제대로 말을 할 수가 없었다. 나중에는 모두 정신 나간 사람들처럼 껴안고 통곡을 하며 소년이 실린 수레를 밀고 끌었다.

석탄가루를 뒤집어 쓴 소년의 몸은 수레 안에서 꼼짝도 하지 않았다.

호출을 받고 나타난 의사는 졸린 눈에 당황한 기색이었다.

어머니와 여동생은 온통 새카만 석탄가루를 뒤집어 쓴 상태였다. 의사는 수레 안을 흘끗 보고 낭패라는 표정을 지었다. 수레에는 피와 석탄가루가 범벅이 된 걸쭉한 물이 고여 있었다.

의사가 주저하는 듯한 기색을 보였던 데에는 어머니와 여동생은 몰랐던 이유도 있었다. 병원에 장비가 별로 없었던 것이다. 수액도, 수혈을 할 피도 없었다. 전신마취를 할 수 있는 마취약도 없고, 부분마취만 할 수 있는 주사제가 그것도 딱한 회 사용분밖에 없었다. 사실 병원은 석탄이 없어 난방도 제대로 못하는 형편이었다. 실내였는데도 사람들의 입에서 입김이 나왔다.

의사가 그 사실을 털어놓자 어머니와 동생은 그 앞에서 무릎을 꿇고 매달리며 애원했다. 마취약이 없어도 괜찮다고, 수술을 받다가 죽어도 괜찮다고.

수술실에서 소년은 정신을 차렸다.

"물…… 물 좀 주세요……."

목이 갈라지는 듯 마르고, 식도 안에서 피 냄새가 올라와 참을 수가 없었다. 의사는 꿈쩍도 하지 않았다. "지금 물 마시면 죽는다"는 짧은 대답뿐이었다.

수술실에 다행히 전기는 들어왔다. 의사의 손가락이 얼면

수술을 제대로 할 수 없기 때문에 손을 녹일 수 있는 작은 전기난로가 하나 있었다.

도끼와 톱, 망치, 칼, 집게를 닮은 수술도구들이 반짝반짝 빛을 반사하며 늘어선 것이 보였다. 의사들은 소년의 옷을 가위로 잘라냈다. 그들은 고무줄로 소년의 몸을 묶고 수술을 시작했다.

마취약은 큰 효과가 없었다. 소년은 오히려 수술실에서 본격적으로 고통을 느끼기 시작했다. 소년은 부러진 뼈 부위를 톱으로 썰 때 나는 삐걱삐걱하는 소리를 들었고, 뼈가 안쪽에서 울리는 기묘한 감각을 느꼈다. 수술대 아래 받쳐놓은 접시로 핏물이 흘러 떨어지는 소리도 들었다. 칼로 살을 베어낼 때 어떤 소리가 나는지, 어떤 느낌인지도 알게 되었다.

의사들은 검지와 중지, 약지를 못 쓰게 된 왼손을 아예 손목 아래에서 잘라냈다. 소년이 지르는 비명소리를 듣고 수술실 밖에서 어머니가 기절했다.

수술이 다 끝났을 때에는 아침이었다. 의사는 소년의 몸을 번쩍 안아들고 수술실 밖으로 나왔다. 오랫동안 굶어 바짝 마른 소년의 몸은 그 정도로 가벼웠다.

어머니와 동생이 퀭한 눈으로 앉아 있다가 의사의 품에 안긴 소년을 보고 다시 울음을 터뜨렸다. 소년이 죽지 않고 살았다는 사실에 마음을 놓았고, 뭉툭해진 다리와 손목을 보고 앞으로의 운명을 예감했다.

"성호야……, 뭐가 먹고 싶니?"

어머니는 소년이 괜찮은지, 아프지 않은지를 묻지 않고 '무엇이 먹고 싶으냐'고 물었다. 그가 원하는 음식을 구해오겠다는 의미였다. 고난의 행군 때 그보다 더 강한 사랑의 표현은 없었다.

"사탕이랑 사과…… 요."

어쩌자고 그런 대답을 한 것인지는 소년도 몰랐다. 입안이 너무 쓰고 목이 말라서 그렇게 말한 것 같았다.

어머니와 여동생은 병원 밖으로 나섰다. 두 사람에게는 돈이라고는 단 한 푼도 없었다. 어머니와 여동생은 빌린 손수레를 끌고 철길을 따라 석탄자루를 던져놓은 장소로 달려갔다. 자루에는 제대로 된 석탄이 남아 있지 않았다. 잡석과 약간의 가루뿐이었다. 마을 사람들이 다 훔쳐간 상태였다.

어머니와 동생은 그 돌덩어리와 석탄가루를 손수레에 싣고 시내로 와서 집집마다 문을 두드리고 돌아다니며 사달라고 애원했다. 모녀는 온몸에 검은 가루를 묻히고 피가 곳곳에 묻은 차림으로 아무짝에도 쓸모없는 잡석을 사달라며 눈물을 줄줄 흘렸다.

"제 아들이 지금 죽어가고 있어요. 사탕이랑 사과를 사야 해요."

"오빠가 기차 사고로 팔과 다리가 잘려 병원에 누워 있는데 사탕이랑 사과가 먹고 싶대요."

사람들은 어머니와 여동생을 미친 사람 취급했다.

어머니와 동생이 거리를 헤매고 있을 때 한 할머니가 나타났다.

"그 석탄 내가 사겠소. 이리 오시오."

할머니는 석탄 자루를 받고 어머니에게 15원을 주었다. 15원이면 사과 세 알을 살 수 있는 돈이었다. 할머니는 그 돈뿐 아니라 옥수수국수를 만들 수 있는 면 1킬로그램과 김치까지 어머니에게 공짜로 주었다.

어느 누구도 믿지 못할, 기적과도 같은 일이었다. 그러나 어머니와 여동생은 너무 경황이 없던 나머지 할머니의 이름을 묻지도 않았고, 집 위치를 기억하거나 주소를 적을 생각도 못했다. 그들은 그 길로 시장으로 달려가 사과 한 알과 사탕 열 개를 샀다.

소년의 아버지는 다음날 오전 병원에 도착했다. 아침에 운행하는 화물열차에 매달려 회령역으로 왔다. 병원에서는 아버지에게 비닐봉투를 하나 주었다. 봉투 안에는 잘라낸 소년의 다리와 손, 그리고 입고 있던 옷이 있었다.

아버지는 자식의 몸 일부를 차마 그냥 버릴 수가 없어서 들고 서성이다가, 어머니가 손수레를 빌렸던 지인의 집에 갔다. 아버지는 그 집 부부에게 사정을 이야기하고 잘려진 다리를 잠시 맡아달라고 부탁했다. 선량한 부부는 아버지의 요청을 거절하지 않았다. 부부는 잘려진 다리를 자기 집 마당에 두었다. 바지 아랫자락에 감긴 채 꽁꽁 언 다리는 마치 장화처럼 보였다.

부부는 아버지를 위로하며 술을 한 잔 주었고, 아들에게 입히라며 남편의 옷을 한 벌 주기도 했다. 소년은 벌거벗은 채로 병상에 누워 있었다.

술을 마시고 터무니없이 큰 옷을 한 벌 들고 병원으로 돌아온 아버지는 실성한 사람처럼 뭔가를 중얼거렸다. 작은 소리여서, 아무도 듣지 못해 다행이었다.

"개 같은 나라…… 노동당이 내 아들을 이렇게……."

오후가 되자 학포탄광에서 병원으로 아버지를 찾는 전화가 몇 차례 걸려 왔다. 해야 할 작업이 많이 있으니 당장 복귀하라는 내용이었다. 명령을 어기면 가혹한 처벌이 있을 거라는 협박도 뒤따랐다. 아들이 언제 죽을지 모른다는 항변은 통하지 않았다. 아버지는 결국 병원에 온 당일 여동생과 함께 기차를 타고 학포탄광으로 돌아갔다. 병원에는 어머니와 소년만이 남았다.

소년의 몸 상태는 오히려 점점 더 나빠졌다.

체온은 40도 가까이 올라갔고, 오한이 멈추지 않았다. 절단 부위에서 피가 너무 많이 흘러나오자 어머니가 의사를 찾아가 불러왔다. 의사는 다급한 목소리로 "재수술을 해야 할 것 같다"고 말했다.

이번에는 아예 마취제 없이 수술을 했다. 뼈를 더 짧게 잘라내고, 무릎 뒤의 힘줄도 절단했다. 소년은 몸부림을 치며 발악했다.

"죽여! 제발! 그냥 죽여!"

소년의 몸을 묶은 고무줄이 끊어졌다.

의사는 다급한 목소리로 소년에게 질문을 던졌다.

"네 이름이 뭐냐."

지성호입니다.

"아버지는 무슨 일을 하시냐."

탄광에서 주물 작업을 하십니다.

"왜 이 수술을 받아야 하느냐."

내가 살아야 나중에 가족을 먹여 살릴 수 있기 때문입니다.

소년은 진심으로 그렇게 생각했다. 장애인이 된 채로 살아남아 봤자 다른 가족에게 짐이 될 뿐이라는 생각을 아직 하지 못했다.

"그렇다면 그렇게 죽이라는 말을 하면 되겠느냐."

소년은 긴 수술 중에 몇 번이나 기절했다. 정신을 되찾으면 눈을 채 뜨기도 전에 질문들이 먼저 그를 찾았다.

네 이름이 뭐냐.

너는 왜 살아야 하느냐.

앞으로 어떻게 살 것이냐.

마취약이 없는 의사는 그런 질문으로 어떻게든 소년의 의지를 끌어내려 했다. 그게 그 순간 그가 할 수 있는 최선이었다.

그러나 소년의 생명은 촛불이 꺼지듯 안에서부터 천천히 꺼져갔다.

6.
어떻게 살 것이냐

네 이름이 뭐냐.

내 이름은 장강명이다. 한국에서 소설을 쓰는 작가이고, 나이는 마흔네 살이다. 고난의 행군이 벌어질 때 나는 20대 초반이었다. 당시 남한은 경제호황 속에 풍요를 누리고 있었다. 내 또래는 'X세대'로 불리며 호황의 거품을 만끽했다.

그 시절을 흥겹게 다룬 드라마 〈응답하라 1994〉는 내가 대학교 1학년이던 시기, 내가 졸업한 대학을 배경으로 했다. 그 대학에서 북한까지 직선거리는 40킬로미터가 채 되지 않는다. 불과 몇십 킬로미터도 되지 않는 곳에서 수십만 명이 굶어 죽어가고 있다는 사실을 이야기하는 사람은 그때 내 주변에는 아무도 없었다. 처음에는 몰랐고, 나중에는 기사를 몇 건 읽었지만 그냥 무시하고 흘려 넘겼다.

왜 이런 글을 썼느냐.

처음에 나는 한국 사회 역시 '석탄 자루'를 쫓고 있다고 생각했다. 손과 다리가 잘린 소년이 피 웅덩이 속에서 살려달라고 울부짖는 소리를 우리가 외면하고 있다고 믿었다. 내 몫을 남에게 뺏기지 않기 위해. '그게 우리의 민낯이고 수준이다, 사람이 절박해지면 어쩔 수 없다'고 여겼다.

그러다 시간이 지나면서 이름을 알 수 없는 할머니에 대해 점점 더 많이 생각하게 됐다. 소년의 어머니와 여동생이 들고 있던 잡석을 사고, 옥수수 면과 김치를 나눠 준 사람 말이다. 그 할머니는 왜 그랬을까? 가끔 돌연변이처럼 인간들 중에 천사 같은 성품을 지닌 이가 있고, 소년의 어머니와 여동생은 절체절명의 순간 그런 사람을 우연히 마주쳤던 걸까?

요즘 나는 그게 단순히 밤과 낮의 차이는 아니었을까 속으로 자문한다.

우리는 놀라울 정도로 상대의 표정을 잘 알아차리는 존재들이다. 우리는 아무 도움 없이도 말이 통하지 않는 외국인의 감정 상태를 신기할 정도로 정확하게 파악할 수 있다. 그 사람이 기쁜지 슬픈지, 즐거운지 화가 나 있는지 몇 초 만에 눈치챈다. 상대의 얼굴 근육이 긴장하지 않고, 눈이 위가 볼록해지도록 휘어지고, 입술은 반대로 아래가 볼록해지도록 휘어지면, 아, 이 사람이 내게 호감을 품고 있구나, 그런 걸 우리는 알아차린다. 알아차리고야 만다.

그리고 우리는 공감하는 존재들이다. 자식을 잃고 통곡하는 어머니의 사진을 보면 우울해진다. 활짝 웃는 어린아이의 모습을 보면 나도 모르게 미소가 지어진다. 우리는 심지어 종(種)의 벽을 넘어 개와 고양이, 소, 곰의 기쁨과 슬픔도 느낄 줄 안다. 그들이 짓는 표정 때문이다. 거기에 무심해지는 것이 오히려 더 어렵다.

학포탄광 사람들은 비명을 지르는 소년의 얼굴을 볼 수 없었다. 깜깜한 밤이었다. 할머니는 울고 있는 어머니와 여동생의 얼굴을 볼 수 있었다. 밝은 아침이었다.

나는 고난의 행군에 대해 들었고, 수십만 명이 사망했다는 기사를 읽었다. 그러나 굶주림으로 신음하는 한 가족의 구체적인 표정을 보지 못했다. 그 표정을 본다면 자기 석탄 자루를 찾는 일은 잠시 미룰 수 있는 사람이 내 주변에 얼마든지 있지 않을까, 지금은 그렇게 생각한다. 그렇게 믿고 싶다. 내가 이 글에서 한 일도 그 표정을 전달하는 것이었다고 생각한다.

앞으로 어떻게 쓸 것이냐.

공교롭게도 지금 북한의 그 '표정'을 제대로 읽고 전달할 수 있는 사람들은 전 세계에 한국인들뿐이다. 북한에 살고 있는 사람들은 자신들의 진짜 표정을 표현할 자유가 없다. 어떤 미묘하고 복잡한 표정은 그 얼굴의 주인이 쓰는 말을 모르면 제대로 읽을 수 없는데, 한국어는 서양인이 배우기에 아주 어려운 언어다. 그러니까 한국어를 밥벌이 수단으로 택한 내게 그만큼 책임이 더 떨어진다고 생각한다.

고난의 행군에 대해 처음으로 진지하게 생각한 건 5년 전, 신문기자로 일할 때였다. 그때 나는 어느 사회적 기업을 취재 중이었다. 이야깃거리가 있는 사람과 듣고 싶은 사람들을 연결해 다양한 소규모 강연을 기획하는 회사였다.

그 사회적 기업의 창업자와 함께 강연 하나를 함께 들었다. 서울 강남역 근처의 스터디 카페에서 열린 모임이었는데, 청중은 회사 창업자와 나를 포함해 모두 아홉 명이었다.

거기서 북한인권단체이자 북한이탈주민 지원단체인 'NAUH'

의 지성호 대표를 처음 만났다. 지 대표에 대한 첫 인상은 '아빠 양복을 입고 나온 고등학생 같다'는 것이었다. 그는 다소 품이 큰 정장 양복을 입고 있었는데 인상이 무척 선해 보였다. 그리고 소년인지 청년인지 나이를 가늠하기가 어려웠다. 대학교 4학년이라고 해서 그런가 보다 했는데 나중에 알고 보니 서른한 살이었다.

그는 동영상 자료나 원고 없이 그냥 테이블 앞에 서서 강연을 시작했다. 아무 기대 없이 그 자리에 와 있던 나는 금방 그 이야기에 빠져 들었다. 나는 철도 사고에 대해 들으면서야 비로소 강연자가 한 팔과 한 다리가 없는 장애인임을 깨달았다. 의수는 형태와 색이 무척 자연스러웠다. 바지 아래 있는 의족은 아예 보이지 않았고, 걸음걸이는 약간 다리를 저는 정도였다.

1996년 3월까지의 이야기는 그날 강연의 앞부분 절반 정도였다. 뒷부분도 전반부만큼이나 재미있었다. 그리고 나중에 알게 된 사실이지만 그가 그날 강연에서 아예 털어놓지 못한 이야기도 많았다.

소년은 기적적으로 살아났다. 그러나 소년이 지키려고 했던 가족은 끝내 무너졌다. 어머니와 여동생은 한 사람씩 사라졌다. 어머니는 여동생에게만 귀띔을 하고 집을 떠났다. 여동생은 막냇동생에게만 귀띔을 하고 집을 떠났다.

소년과 막냇동생은 꽃제비가 되었다. 소년은 잘린 왼손에 목발을 묶고 다녔다. 놀랍게도 장애가 있는 소년이 배짱과 통솔력으로 탄광마을 꽃제비 무리의 우두머리가 되었다. 그들은 철도 호송원과 패싸움을 벌이기도 했다.

고난의 행군은 2000년대가 되면서 끝났다. 배급은 지금까지도 여전히 중단 상태지만 시장경제가 싹트면서 사회가 생산능력을 회복했다. 청년이 된 소년은 페인트 회사를 차려 기업인이 됐고, 상당한 돈을 벌었다. 꽃제비들이 종종 그의 집에 찾아와 식사를 하고 갔다.

청년은 2006년에 막냇동생과 함께 탈북했다. 중국, 라오스, 태국을 거쳐 한국에 왔다. 목발을 짚고 중국의 밤거리와 라오스의 밀림을 걸었다. 청년의 아버지는 자식들을 따라 탈북하려다 두만강에서 체포되었다. 그는 보위부에 끌려가 고문을 당했고, 얼마 뒤 숨졌다.

청년은 한국에서 극빈층으로 생활을 시작했다. 낮에는 직업전문학교에 다니고, 밤에는 포장마차에서 일했다. 옆에서 장사를 하는 다른 노점상들은 "하다하다 북한에서 거지같은 놈들까지 내려오니 살 수가 없다"고 불평했다.

그는 2009년에 동국대에 입학했다. 대학에 다니면서 NAUH를 만들었다. 내가 그를 처음 만났을 때만 해도 NAUH는 북한 인권문제에 관심이 많은 한국 젊은이와 젊은 북한이탈주민들이 만나는 동호회 같은 느낌이 있었다. 지금은 작지만 어엿한 사무실이 있고, 대학교수, 전직 대사, 영화감독, 아나운서, 해외 기업인까지 다양한 인사가 참여하는 단체가 됐다.

현재 NAUH는 이런 일을 한다. 우선 북한의 실상과 인권문제를 알리는 홍보 사업을 벌인다. 거리 캠페인도 하고, 장마당이나 꽃제비들의 모습을 재연하는 이벤트도 연다. 또 한국에 온 젊은 북한이탈주민들의 정착과 교육을 돕는다. 특히 한국에 먼저 온 북한 출신 대학생들이 탈북 청소년들을 상담하는 '희망드림캠프'와 같은 프로그램을 꼭 언급하고 싶다.

북한으로 라디오 방송도 한다. 남한에서 탈북자들이 어떻게 사는지 소개하고, 북한에서는 오히려 알기 어려운 북한 소식을 파악해 들려주기도 한다. 국제사회에서 북한의 실상을 증언하는 일도 NAUH의 주요 업무 중 하나다. 지 대표는 노르웨이에서 열린 오슬로 자유포럼에서 기립박수를 받으며 연설하기도 했다. 저명한 해외 인권운동가들과도 교류한다.

마지막으로 구출 사업이 있다. 중국에서 공안을 피해 숨어 지내는 북한이탈주민은 수만 명 규모로 추정된다. 이들은 대부분 여성이며, 상당수가 인신매매조직에 붙잡혀 여자가 부족한 중국의 농촌 지역으로 팔려간다. 중국 농촌 가정에서 이렇게 사 온 '북한 신부'를 물건 취급하며 감금하고 폭행하는 일은 전혀 드물지 않다. NAUH는 중국의 인권활동가들과 연계해 이런 처지의 북한 여성들을 구조해 한국으로 데려오는 일을 한다. 2018년 1월까지 270명을 구출했다.

강남에서 강연을 듣고 보름쯤 뒤에 지성호 대표를 다시 만났다. 그때는 기사를 쓰려고 만났다.

NAUH는 그해 '북남살롱'이라는 프로그램을 기획했다. 남한 청년에게 북한 젊은이들의 문화를 알리는 시리즈 강연이었다. 내가 지 대표를 만나러 간 날은 북남살롱 2회 행사일이었다. 강연은 서울 삼성동의 한 카페에서 열렸다.

이날 주제는 '북한의 쇼핑'이었고, 탈북한 지 몇 년밖에 안 됐다는 젊은 여성 두 명이 연사로 나섰다. 한 사람은 북한의 여성들이 즐겨 입는 패션에 대해, 또 한 사람은 북한 젊은이들 사이에 일고 있는 한류 열풍에 대해 설명했다.

"한국 영화나 드라마는 지하에 숨어서 봐야 하는데 드라마는 시리즈가 너무 길다 보니까 다 보기 쉽지 않죠. 배용준 권상우는 모르는 사람이 없어요. 단속 피하려다 보니 별별 방법이 다 나옵니다. 저희 집에는 자동차 배터리가 다섯 개 있었어요. 그걸로 전자제품들을 작동시켰죠."

금발로 염색한 1990년생 강사는 말투며 옷차림이 너무나 세련되어서 몇 년 전까지 북한에 살던 사람이라고는 도저히 믿어지지 않았다. 그녀가 마이크를 쥐기 전까지 나는 행사를 돕던 수수한 차림의 다른 한국 여학생을 강연자로 알고 있었다.

강연을 마치고 조별 토론에 들어가기 전에 NAUH 스태프 한 명이 케이크를 들고 단상 앞으로 나왔다.

"며칠 전이 지성호 대표님 생일이었거든요. 그래서……."

지 대표는 깜짝 놀란 얼굴이 되었다. NAUH 스태프들이 그를 일으켜 케이크 앞으로 데려왔다. 지 대표가 뭘 어떻게 해야 할지 몰라 당황해하자 청중은 짓궂게 합창했다.

"울어라! 울어라!"

지 대표는 더 당황한 얼굴이 되었다. 누군가 "장군님 노래 한 곡 불러주시죠"라고 요청하자 웃음이 터졌다. 사람들이

박수를 멈출 기미가 없자 지 대표는 북한 영화 〈곡절 많은 운명〉의 주제가를 불렀다.

  곡절도 많은 내 한생 굽이굽이 흘러왔네.

  사나운 파도를 넘어 내가 닿은 포구는 어디…….

  그가 노래를 멈추는 바람에 잠시 정적이 흘렀다. 지 대표는 "아…… 노래 가사를 잊어먹었어요"라며 머리를 긁적였다. 다시 웃음이 터졌다.

  지성호 대표의 인생을 원고로 옮기는 작업은 지지난해 시작했다.

  "신동범 아들, 걔는 똑똑했는데. 형들한테 맞으면 '왜 때리느냐'며 대들고 그랬는데. 아새끼 좀 쓸만하다 싶었는데 고난의 행군 다 지나고 나서 자살했죠. 사회에 불만 품고. 어렸을 때부터 유별나더라니……."

  지성호 대표가 인터뷰 중에 그답지 않게 감회에 잠기면 나는 노트북 자판에서 손을 떼고 손목을 풀었다.

  인터뷰는 그가 쓴 수기 원고를 보고 내가 궁금한 점을 질문하는 식으로 진행했다. 가끔은 개념이 너무 낯설어서 관련 질문을 몇 번이나 해야 할 때도 있었다. '직맹위원장'에 대해서는 열 번도 넘게 물어본 것 같다.

내가 무엇을 알고 무엇을 모르는지를 그가 몰라, 이런 상황도 종종 벌어졌다.

"작가님, 송이버섯이라는 게 있습니다. 아주 비싼 버섯입니다. 주로 일본으로 수출하지요."

"남한에서도 되게 비쌉니다, 그거."

지성호 대표는 이 원고에 대해 나와 약간 관점이 달랐다. 그는 자기 이야기가 남한 젊은이들에게 도움이 됐으면 좋겠다고 말했다.

"저는 고난의 행군 때 벌어진 사건들 위주로 쓰려고 하는데…… 사람들이 그 비극을 좀 알았으면 해서요. 그런데 이게 한국 청년들한테 어떤 도움이 될 수 있을까요?"

내가 물었다.

"저 같은 사람도 그 시절을 버티고 살아남았다는 게 다른 사람들에게 용기를 줄 수 있지 않을까요?"

그러면서 지 대표는 열차 사고 뒤 처음으로 자리에서 일어난 날에 대해 얘기해주었다.

그 이야기로 이 책을 마무리할까 한다.

한 팔과 한 다리가 없는 소년은 한 달 넘게 방에서 누워만 있었다. 병원에서는 일찍 퇴원했다. 거기서 더 받을 수 있는 치료가 딱히 없었다.

소년은 집에 와서야 자기 갈비뼈가 부러져 있음을 알았다. 그동안 잘린 다리가 너무 아파서 갈비뼈가 부러진 줄도 몰랐던 것이다. 부러진 갈비뼈는 결국 의사의 도움 없이 저절로 아물었다.

잘린 다리는 절단 부위가 썩어가고 있었다. 고름이 계속 흘러나왔고, 그걸 닦다 보면 뼈가 보일 정도였다. 때로는 뼛조각이 잘게 부서져 나오기도 했다. 염증으로 열이 났고, 밤 내내 잠을 이룰 수가 없었다. 소년의 정신도 허물어졌다. 어른스럽던 소년은 울고 보채는 아이가 되었다.

사람들은 소년의 아버지에게 포기하라고 조언했다. 그런 말을 들으면 아버지는 화를 냈다. 소년은 그 사실을 알면서도 밤이 되면 핏발 선 눈으로 땀을 흘리며 가족들에게 차라리 죽여 달라고 외쳤다. 때로는 아버지가 그날 열차를 타지 않았기 때문에 자신이 대신 올랐다가 이 꼴이 되고 만 것이라고 주장했다. 아버지는 소년에게 미안하다고, 자신이 잘못했다고 말했다.

가족들은 일을 하거나 식량을 구하러 소년을 남기고 집을 나섰다. 소년은 어두침침한 방에 누운 채로 종일 천장만 보았다. 가끔 쥐들이 그 위에서 뛰어다니는 소리가 들렸다. 비가 오면 천장에 붙인 검은 종이가 찢어져 빗방울이 떨어졌다.

북쪽의 봄은 5월에 왔다. 새소리를 듣고 고개를 든 소년의 눈에 창문 너머로 하늘 한 조각이 조그맣게 보였다. 몇 달 만에 처음으로 보는 파란색이었다.

소년은 몸을 세우지는 못하고 질질 끌어서 창가로 갔다. 그리고 창틀에 두 손을 얹고 턱걸이를 하듯이 상반신을 일으켰다. 잘린 다리로 피가 몰리는 느낌이었다. 왼손 잘린 부위가 저릿했다.

그는 창틀에 턱을 힘겹게 괴고 오른손으로 체중을 버티며 바깥을 보았다.

산에 있는 나무에는 파릇파릇하게 잎이 돋아난 상태였다. 땅을 뚫고 올라온 풀들은 생명을 내뿜는 듯했다. 나비와 제비들이 날아다녔다. 소년은 팔 힘이 다 떨어질 때까지 정신없이 그걸 보았다. 세상 참 아름답구나, 라고 생각했다.

그는 얼마 뒤에 아버지에게 목발을 만들어 달라고 할 것이었다. 그렇게 집을 나서서 때로는 목발을 짚고, 때로는 한 발로 뛰어다니며 굶주린 아이들을 지휘할 것이었다. 그러다 청년이 되면 페인트 회사를 세우고 한 여인과 사랑에 빠질 것이었다. 딸을 낳고, 얼마 안 있어 잃을 운명이었다. 청년은 목발을 들고 두만강과 메콩강을 건너고, 포장마차를 끌고, 대학생이 되고, 단체를 만들고, 사람들을 설득하고, 폭행당하는 여성들을 구할 것이었다. 세상을 바꾸려 애쓸 것이었다.

아직 소년은 그걸 몰랐다. 그러나 다리 끝에서부터 가슴으로 어떤 의지가 서서히 차오르는 걸 느꼈다.

어느 맑은 봄날이 그런 의지를 불러일으킬 수 있다면, 풀과 나비와 제비가 그런 기적을 일으킬 수 있다면…… 이 책도 그런 역할을 할 수 있지 않을까.

"북한 집에는 대부분 창문이 유리가 아니라 비닐로 되어 있습니다. 그걸 문풍지라고 합니다. 그 비닐을 떼면 바깥 공기가 들어오지요. 방에는 온통 피와 고름 냄새가 가득했는데 문풍지를 올리니까 싱그러운 풀냄새가 나더라고요. 한국에 와서 아름다운 풍경을 많이 보고, 봄에 벚꽃 구경도 했지만, 그날처럼 아름다운 봄날을 본 적은 없었던 것 같습니다. 아직 남은 팔과 다리가 있잖습니까. 그걸로 뭐든지 할 수 있다, 살아야겠다, 살아야 한다, 그렇게 생각했습니다. 이게 제가 하고 싶은 이야기입니다."

소년 같은 얼굴을 한 청년이 말한다. 내가 받아 적은 피와 고름의 이야기에 창문을 만들어 열어주면서. 잘려 없어지지 않은, 그가 갖고 있는 팔과 다리의 힘에 대해서. 더 나은 세상을 만드는 일에 대해서.

그건 당신의 이야기이기도 하다.

당신의 이름은 무엇인가.

어떻게 살 것인가.

작가의 말

 본문에서도 밝혔듯이, 이 책은 지성호 NAUH 대표의 수기 원고와 인터뷰를 바탕으로 썼습니다. 저는 지 대표가 적고 말한 이야기를 조금도 과장하거나 왜곡하지 않았으며, 일어나지 않은 일을 보태지도 않았습니다.

 다만 한 사건의 순서는 바꿨습니다. '띡'이라 불리던 장애인 광부의 자살 사건입니다. 이 일은 지 대표가 다리를 잃은 뒤에 발생했습니다. 그러나 고난의 행군 시기 학포탄광 분위기를 잘 전달할 수 있는 에피소드인 것 같아 책 속에서는 박정수와 최희억 선생님의 죽음 사이에 배치했습니다.

 0장에서 인용한 자료들의 출처는 다음과 같습니다.

 〈1993~2055 북한 인구추계〉(통계청, 2010)

 〈1994~2000년 북한기근: 발생, 충격 그리고 특징〉(이석, 통일연구원, 2004)

〈90년대말 북한 대기근과 아사자〉(안드레이 란코프, 자유아시 아방송 란코프 칼럼, 2013)

지성호 대표님과 NAUH 가족들께 감사드립니다. 언제나 응원합니다.

책을 낼 기회를 주신 아시아 출판사 관계자 분들께도 감사 말씀 전합니다.

그리고 늘 곁에서 힘이 되어주는 HJ에게, 사랑해. 고마워.

우리의 팔과 다리가 더 좋은 세상을 만드는데 쓰이기를 빌며.

2018년 6월, 장강명

지은이 **장강명**

1975년 서울에서 태어났다. 연세대 공대를 나와 건설 회사를 다니다 그만두고 《동아일보》에 입사해 11년 동안 기자로 일했다. 사회부, 정치부 기자로 일하며 한국기자협회 이달의기자상, 관훈언론상, 씨티대한민국언론인상 대상, 동아일보 대특종상, 중앙선거관리위원회 감사장 등을 받았다. 2011년 장편소설 『표백』으로 한겨레문학상을 받으며 작품 활동을 시작했다. 『열광금지, 에바로드』로 수림문학상을, 『댓글부대』로 제주4·3평화문학상과 오늘의작가상을, 『그믐, 또는 당신이 세계를 기억하는 방식』으로 문학동네작가상을 받았다. 장편소설 『호모도미난스』 『한국이 싫어서』 『우리의 소원은 전쟁』, 연작소설 『뤼미에르 피플』, 에세이 『5년 만에 신혼여행』, 르포 『당선, 합격, 계급』이 있다. 뮤지션 요조와 독서 팟캐스트 「책, 이게 뭐라고」(www.podbbang.com/ch/11897)를 진행한다.

이 사람

팔과 다리의 가격

2018년 7월 31일 초판 1쇄 펴냄
2020년 5월 11일 초판 2쇄 펴냄

지은이 장강명 | **펴낸이** 김재범 | **편집** 김지연 강민영
아트디렉터 다랑어스토리 | **관리** 박수연, 홍희표 | **디자인** 나루기획
인쇄·제본 굿에그커뮤니케이션 | **종이** 한솔PNS
펴낸곳 (주)아시아 | **출판등록** 2006년 1월 27일 | **등록번호** 제406-2006-000004호
전화 02-821-5055 | **팩스** 02-821-5057 | **이메일** bookasia@hanmail.net
주소 서울시 동작구 서달로 161-1 3층(흑석동 100-16)
홈페이지 www.bookasia.org | **페이스북** www.facebook.com/asiapublishers

ISBN 979-11-5662-353-3 (04810)
　　　979-11-5662-352-6 (set)

이 도서의 국립중앙도서관 출판시도서목록(CIP)은 서지정보유통지원시스템 홈페이지(http://seoji.nl.go.kr)와 국가자료공동목록시스템(http://www.nl.go.kr/kolisnet)에서 이용하실 수 있습니다.(CIP 제어번호: CIP2018003627)

* 값은 뒤표지에 표시되어 있습니다.
* 이 책의 저자 인세와 판권 수입은 모두 북한인권단체 NAUH(www.nauh.or.kr)에 기부됩니다.